The Perfect Creature

完美生物

[英]约翰·温德姆——著

李婷婷——译

上海文艺出版社

上海故事会文化传媒有限公司

编委会

总策划　夏一鸣

主　编　黄禄善

副主编　高　健

编辑成员（按姓氏拼音为序）

蔡美凤　高　健　胡　捷

黄禄善　吴　艳　夏一鸣　杨怡君

名家导读

/ 田 慧

田慧，上海大学英语语言文学硕士，浙江大学出版社编辑、副译审，中国翻译协会专家会员，英国皇家特许语言家学会会员，已出版《牛津惨案》（独译，上海文艺出版社，2022）、《双轮马车谜案》（独译，上海文艺出版社，2021）、《圣经的故事》（合译，花城出版社，2016）、《伍尔夫传》（合译，吉林时代文艺出版社，2016）、《堂吉诃德》（合译，花城出版社，2016）等多部译著。

硬科幻小说（Hard Science Fiction）的出现，始于二十世纪初期，美国杂志出版商雨果·根斯巴克主编的《惊人的故事》和约翰·坎贝尔主编的《惊险的科幻小说》等通俗小说杂志。

早在二十世纪初期，根斯巴克就开始在自己主编的《现代电学》《电学实验》等杂志上刊载一些融"科学事实"和"未来预测"于一体的小说，并将这类小说命名为"科幻小说"（Scientific Fiction）。1924年，根斯巴克创办了《惊人的故事》（副刊名正是"科幻小说"），专门发表科幻小说。如果说根斯巴克的《惊人的故事》开启了科幻小说的时代，那么坎贝尔的《惊险的科幻小说》则引领科幻小说走向了"黄金时代"。

根斯巴克和坎贝尔的杂志不仅聚拢了约翰·温德姆、埃德加·赖斯·巴勒斯、艾萨克·阿西莫夫、亚瑟·克拉克、罗伯特·海因莱因、雷·布雷德伯里等一大批优秀的科幻作家，而且培养了广泛的读者群，成了科幻小说的前沿阵地，推动了科幻小说的长足发展。

这一时期科幻小说的主要题材包括星际历险、太空战争、平行世界、宇宙生命体、机器人等，在创作上重视科学因素的准确性。由于这种浓厚的"科学"特征，1957年，美国科幻小说作家皮特·米勒首次将这一时期的科幻小说命名为硬科幻小说。"硬科幻"是与"软科幻"相对的概念，相较而言，硬科幻小说科学性极强，注重对所涉及的环境或科学原理进行严格准确的描述，并使其成为故事的重要组成部分。软科幻小说（Soft Science Fiction）则以故事情节、人物形象、社会寓意取胜，偏重于表现心理学、哲学、人类学等人文社科领域，淡化了对科学技术的描写。但这两大类不是严格对立的，一部优秀的科幻小说常兼而有之，能自然地将科学元素与人文思考融为一体。

自二十世纪二十年代以来，科幻小说以美国为主要阵地，但一些英国作家也在美国的科幻杂志上发表作品，其中就包括约翰·温德姆、艾瑞克·弗兰克·罗素和亚瑟·克拉克。

约翰·温德姆被认为是自H.G.威尔斯以来首位在国际上树立名望的英国科幻小说家，也是最著名的英国现代科幻小说家之一。温德姆原名约翰·温德姆·帕克斯·卢卡斯·贝农·哈里斯，1903年生于英国沃克里郡一个富庶的家庭。他自幼喜爱阅读，尤其喜爱 H．G．威尔斯的作品。他从十九世纪三十年代开始文学创作，但直到 1951 年《三尖树时代》出版，他才跻身于世界一流科幻作家之列。约翰·温德姆的写作生涯以他"二战"应征入伍为界，分为两个阶段。

在"二战"前，他主要为美国科幻小说杂志写作，先后以约翰·贝农·哈里斯、约翰·B．哈里斯、约翰·贝农、温德姆·帕克斯等多个笔名发表中短篇作品，他的这些作品后来大多被收录到《时间漫游者》(1973) 等短篇小说集。他的第一篇公开发表的作品是署名约翰·B．哈里斯的《用来交换的世界》(1931)，刊载于雨果·根斯巴克主编的《惊人的故事》上。这篇小说讲述了一个关于时间旅行的故事：来自未来的人类后裔逼迫生活在二十世纪初期的人类通过时光旅行来交换各自所在的世界。对于一位初出茅庐的科幻作家而言，这篇处女作立意不凡，而且技巧成熟，帮助他在科幻小说界获得了一席之地。《迷失的机器人》(1932) 讲述了一个来自火星的机器人被困地球的故事。在被一个善良的人类家庭收养之前，这个机器人经历了许多冒险。但是最后，为了不让地球上的科学家复制自己，他毁灭了自己。这个故事很有趣，温德姆塑造了一个善良温和的机器人形象。《阿斯普鲁斯上的流亡者》(1933) 讲述了一群火星囚犯被流放到小行星阿斯普鲁斯上的故事，抵达流放地后，他们却发现这个世界已被一种具有高级智能的蝙蝠统治。《时间漫游者》(1933) 则讲述了一群来自不同世纪的时间旅行者被困在遥远的未来，昆虫统治着这个世界，并控制巨型机器人为它们服务。《最后的月球人》(1934) 讲述了地球人首次乘坐飞船飞往月球，却发现月球上只剩一片废墟和躺在棺材里的月球人。月球人复活后，攻击了地球人的飞船，甚至试图乘坐飞船飞往地球。总的来说，约翰·温德姆的早期创作迎合了当时美国通俗科幻小说杂志的风格，主题多为当时流行的太空冒险、时间旅行等，表现出浓厚的硬科幻色彩。

"二战"爆发后，他应征入伍，为英国政府和军队效力。战后，他重返文坛，以笔名"约翰·温德姆"发表了成名作《三尖树时代》。之后，他又创作了多部灾难题材的科幻小说，包括《海怪苏醒》(1953)、《蝶蛹》(1955)、《米德维奇布谷鸟》(1957)、《地衣骚动》(1960)、《乔琪》(1968) 五部长篇，以及《吉兹尔》(1954)、《时间的种子》(1956)、《鸡皮疙瘩和笑声故事》(1956) 等八部中短篇小说集。《三尖树时代》讲述了比尔·马森在一次意外事故中眼睛受伤了，当他的眼睛痊愈时，却发现世界上大部分人都因为一场奇特的流星雨而变成瞎子。但此时，常见的产油植物三尖树却获得了智能和行动能力，开始了对幸存者的捕杀。《海怪苏醒》同样是一部世界末日科幻小说：外星人来到地球，潜伏在马里亚纳海沟，伺机开展对人类的攻击。《蝶蛹》故事背景设定在遥远的未来，一场核战争早已将现代人类文明毁灭殆尽，人们生活在一个宗教激进主义者社区，他们时刻警惕着任何身体畸形、功能异常的人类，这些人一旦被发现，就会被捕杀。《米德维奇布谷鸟》等其他长篇小说也展现了各种灾难场面。很显然，"二战"的经历使得温德姆的科幻创作发生了明显转向，脱离了早先美国通俗科幻的创作模式，从早期的"太空歌剧"转而描写世界末日般的灾难故事。温德姆自称是H.G.威尔斯的忠实读者，而他的小说也的确深受威尔斯传统的影响，着重描写人类在面临灾难或者他者入侵的感情和行为。

本书收录的温德姆的三篇中篇小说《隐形怪物》(1933)、《完美生物》(1937)和《生存》(1952)，均属于硬科幻小说的范畴。开篇之作《隐形怪物》描述了来自金星的隐形怪物袭击人类的可怕故事，沿袭了H.G.威尔斯开创的"外星生物入侵"主题。自1898年威尔斯的《星际战争》以来，外星生物入侵一直是一个令人着迷且不朽的话题,继《星际战争》之后，阿瑟·克拉克《童年的终结》(1953)、罗伯特·A.海因莱《傀儡主人》(1951)等许多其他科幻作品都对外星生物入侵主题进行了丰富多样的探索。外星生物入侵主题也是科幻电影中备受欢迎的主题，如轰动一时的《异形》(1979)、《独立日》(1996)等。

以外星生物入侵为主题的科幻小说和科幻电影中，许多外星生物被想象为凶残丑恶的虫族、章鱼等低等生物形象，或是大脑袋、大眼睛、小嘴巴、四肢细长、全身无毛的高智商"他者"形象。与这些大家所熟知的外星生物形象不同，《隐形怪物》中的外星入侵者被设计成了隐形怪物。故事的引子给这个外星生物入侵的故事奠定了令人恐惧的悲观基调，表达了人类面对外星生物时的不堪一击和对未知的无助感。

正如文中写道："想想看吧，与一个隐形的怪物作战是多么令人绝望的事情。你无法观察到它的攻击方式，只能成为一个任人宰割的猎物。"

故事中，在一个傍晚，一艘飞船如流星般划过天际，毫无预兆地降落在一片林中空地上，目睹这一怪事的三个男人——托比、大卫和德克——出于好奇，来到失事地点一探究竟。从四分五裂的残骸来看，那显然是一艘地球人造的飞船。一截钢条上"k、a、n"三个字母依稀可辨，这唤起了大卫脑海里遥远的记忆，它大概是七年前第一艘离开太阳系的飞船"胡拉坎号"。飞船为何会在这里坠毁？三人鲁莽地通过一道裂缝闯进了飞船内部，发现里面空空如也，正在这时，船尾传来异响。三人循声而去，来到一间空荡荡的贮藏室，在这里，托比遭到了隐形怪物的袭击并横遭惨死。其他二人仓皇逃脱，并来到警局报警。警长一开始以为是二人的恶作剧，但是他率众去飞船失事地点进行调查，同样遭受到隐形怪物的袭击，这时他才逐渐意识到对手有多么可怕。据推测，"胡拉坎号"曾经到过太阳系以外的南河三星系，并从那里把可怕的隐形怪物带回了地球。一场人类与外星隐形怪物之间的战争打响……

外星生物入侵这一主题不仅引发了读者们无尽的遐想和探索，同时也提供了许多反思。这一主题的渊源可以追溯到人类对未知的探索和想象。随着科技的进步和空间探索的发展，我们对外星生物的好奇心不断增长。科幻作家们将这种好奇心转化为文学创作的动力，通过创造各种外星生物形象和入侵情节来展示人类面对未知的勇气和智慧。这一主题的发展也与人类历史和社会背景密切相关。在二十世纪上半叶，人类经历了两次世界大战和核威胁的恐怖。科幻小说中的外星生物入侵情节往往反映了人类对于战争的恐惧和对和平的渴望。然而，外星生物入侵主题并不仅仅是对战争的思考，它也探讨了人类的自我认知和对存在的反思。外星生物往往是一种与人类完全不同的生物，他们的出现使人类重新审视自身的角色和地位。这些外星生物可能拥有超越人类的技术和智慧，或者具备独特的道德价值观。通过与外星生物的对抗，人类不仅面临生存的挑战，更要面对自身文明和道德的双重考验。

如果说《隐形怪物》探讨了外星生物存在的可能性及其对地球人的挑战，那么《完美生物》则体现了对生命起源的探索，以及对人类的创造力和科技进步的反思。故事致敬了玛丽·雪莱的《弗兰肯斯坦》和H.G.威尔斯的《莫罗博士岛》，讲述了一位科学家试图创造出完美的人，却带来了灾难性后果的故事。《弗兰肯斯坦》是玛丽·雪莱的经典作品，故事主人公弗兰肯斯坦掌握了创造生命的秘密，却因造出巨怪而间接害死了自己的未婚妻和亲人。《莫罗博士岛》则讲述了居住在孤岛上的疯狂科学家莫罗博士进行恶意实验的故事。他利用自己掌握的科学知识和科技力量，通过器官移植和变形手术等一系列惊世骇俗的实验创造新的物种兽人，并企图通过这些兽人统治整个岛屿。这两部小说都深入探讨了科学的伦理问题、人类的野心与责任，以及自然和人工创造之间的冲突，使读者不仅对科学的力量和可能性产生了思考，也对科学的边界和道德限制提出了疑问。

《完美生物》中，怪事首先发生在梅姆伯里庄园：两个既像人又像乌龟的生物在当地出现，掀起轩然大波，并引发了当地人的恐惧。随后，又有人声称偶然在迪克森先生的房子里看到了奇怪的生物。应当地人的要求，"我"与阿尔弗雷德代表禁止虐待动物协会来到迪克森先生家中展开调查，却发现迪克森竟然是当年教"我"生物课的教授。"我们"表明来意后，迪克森教授欣然带我们参观他的实验室，而且还向"我们"透露，他已经掌握了创造生命的秘密，依靠电流和化学药品，他可以创造出新的生命！他还表示人类是不完美的，他要创造出更加完美的生物，或者说他所能想象到的完美生物。尽管《完美生物》中对于创造生命的原理的科学幻想有些简陋和原始，但作者对于人造生命可能引发的伦理道德的思考，以及对于人类未来的忧虑却是不容忽视的。如今，随着科技的发展，基因编辑、克隆、AI等技术日趋成熟，人造生命的时代已经不再遥远。但这种科技进步究竟是普罗米修斯窃来的天火，还是潘多拉的魔盒，值得我们慎重思考。

总的来说，《完美生物》中沿袭了玛丽·雪莱和H.G.威尔斯的"反科学"主题。故事提醒我们，即使我们有能力创造生命，我们也必须认真思考其伦理和后果，思考如何平衡创造力和责任，以及科技发展的道德限制。故事对于我们理解人类与科技的关系，以及人类存在的意义，具有重要的启示和思想价值。

《生存》发表于"二战"之后，沿袭了科幻小说中另一流行主题"太空旅行"，讲述了发生在一艘前往火星殖民地的飞船上的惊悚故事，探讨了人性的复杂与邪恶。故事设定在未来，飞船"猎鹰号"载着十五个男人和一个女人离开地球，飞往火星殖民地。不幸的是，飞船上的左舷离心管发生爆炸，导致飞船无法保持平衡，既不能调整航向，也不能着陆。"猎鹰号"失去了控制，几乎是头朝下在茫茫太空中翻滚着，唯一的希望是使用主驱动器试图将飞船推动到火星轨道上，在火星轨道上等待救援。救援遥遥无期，而飞船上只有足够维持三个月的补给，而船上唯一的女性爱丽丝·摩根怀孕了，需要额外的补给。然后，食品柜里的食物突然消失，一名航天员意外死亡，故事逐渐走向阴暗。

太空旅行是最早出现的科幻主题之一，体现了亘古以来人类对于探索星空的渴望。最早的太空旅行故事是凡尔纳的《从地球到月球》（1865）、《环绕月球》（1870）和《太阳系历险记》（1877），但开创了太空旅行科幻小说写作范式的，却是硬科幻时代阿瑟·克拉克的《太空序曲》。《太空序曲》准确无误地幻想了人类宇宙飞船首次进入太空时的情形，飞船的外形、结构、建造、发射、升空，宇航员的选拔、训练、心境，以及在太空探索中可能出现的灾难等。而此时距离1955年美国和苏联这两个冷战对手为了争夺航天领先地位而展开的太空竞赛还有四年时间，距离1961年苏联宇航员尤里·加加林乘坐世界上第一艘航天飞船"东方一号"进入太空还有十年。科幻小说以科学想象预测未来的魅力可见一斑。

温德姆创作于《太空序曲》出版后一年的《生存》，无疑在一定程度上受到了前者的影响，故事中出现了大量关于航天飞船结构、飞行原理、航空饮食等细节的预言性描述，绘声绘色，令人信服。此外，《生存》还先驱性地探讨了火星殖民的主题。尽管小说中仅有几处提及，但毫无疑问，人类已经将火星变为一块有待开拓的新大陆。飞船上除船员外的旅行者，都是去火星开拓梦想的冒险家，他们是船长口中所说的"在火星上自荐做矿工、勘探者或冒险家的人"。地球与火星之间的太空航行也非常成熟，太空飞船定期来往于地球与火星之间，运送这些淘金家。随着地球环境不断恶化，资源日渐衰竭，而人口却在增加，对地球的攫取也日益贪婪，导致地球已不堪重负，移民太空已成为迫在眉睫的议题。而火星是太阳系内除地球外，最适宜人类居住的行星，因此成为外星殖民的候选地之一。与《隐形怪物》《完美生物》相比，《生存》体现了更强烈的硬科幻色彩。

如今，太空旅行已成为最重要的科幻小说主题之一。这类小说以航天器为舞台，探讨了人类长时间太空航行时和接触外星文明时所面临的挑战和变化。航天器上的环境限制、资源稀缺以及与船员之间的紧密相处，促使人们展现出各种各样的情感、冲突和人性特征。长时间的航行使船员与地球上的家人及至社会发生隔离，也诱发了孤独、思乡的情绪以及对身份认同的思考。另外，这类小说还涉及人类与外星文明的接触和交流，引发了对于多样性、文化冲突和共存的思考。总的来说，星际旅行类科幻小说以其注重航天器上复杂人性的描绘，为读者呈现了引人深思的故事。这类作品不仅在科幻文学中占有重要地位，也为人们对于人类本质、团队合作和文化交流的理解提供了有益的启示。

尽管约翰·温德姆以长篇小说尤其是《三尖树时代》闻名于世，但他的短篇小说也同样颇具魅力。本书收录的三篇中篇小说，从不同的侧面反映了温德姆的硬科幻创作特色，有如拼图般还原了西方硬科幻小说发展历程中的一段风景。

Contents

隐形怪物　1

完美生物　44

生存　72

隐形怪物

    曾几何时，人类与自己永远无法征服的怪物进行过较量。自我保护的法则迫使人类为自己的命运而战斗，即使明明知道这是徒劳的。想一想吧，与一个隐形的怪物作战是多么令人绝望的事情：你无法观察到它的攻击方式，只能成为一个任人宰割的猎物。这个故事夹杂着对外星人的恐惧、丰富的科学知识，以一种令人惊叹的叙述方式，真实地呈现给读者们。

神秘访客

    托比·霍宁正在篝火边上，用一只煎锅和一只炖锅在做饭。篝火摇曳着，冒出阵阵火花，这无疑是对当地法律的直接挑战。大卫·福代斯舒舒服服地躺着，嘴里叼着烟斗，看着忙碌的托比。托比对自己的厨艺非常自信，在露营时，他喜欢把事情做得妥妥帖帖的——对他来说，什么现代文明的油炉之类对他毫无意义。第三位成员是德克·罗宾斯，他坐在离他们稍远的地方，正在修补一个破旧水壶的裂缝。

大卫懒洋洋地转过身，凝视着在他们山顶营地下起伏的田野。天空很昏暗，有点雾蒙蒙的，只有星星和朦胧的新月照亮夜空。他能分辨出许多英里外的光点，不论是在近处，还是在远处。其中一些光点他是知道的，那是农家窗户的灯光。其他的光点，像懒洋洋的萤火虫一样在蓝色的夜晚爬行的，是汽车的前灯。在他看不清的地方，有一根航标的杆子，像一根细长的光柱，直指天空。在左边的远处，他偶然发现了一个以前从未注意到的光点。他盯着看，正试图在熟悉的风景里勾画它的模样时，它似乎变得越来越强烈。

"那一定是一架正在移动的飞机。"大卫说着，拿掉烟斗，用烟杆指了指。

德克从水壶上抬起头来，端详了一会儿那块越来越亮的地方。

"看样子，它离我们很近了。那家伙一定很大，能搭载着那样一盏灯。不知道它在这里做什么？毕竟，主要航线在灯塔以南几英里外。"

托比抬起头，咕哝了一声，又继续做饭了。

"现在到哪儿也找不到安宁。"托比突然咆哮道,"整个乱哄哄的世界不过是一片繁忙的芜杂。我倒想知道,这样忙忙碌碌有什么意义呢?"

其他两人没有回答他,他们知道托比老爱抱怨。与此同时,他们看着探照灯越来越亮,向他们冲来。

"完全偏离了路线,天啊,它不是在航行中吗?"大卫重复道。

从正面看,正在靠近的那艘飞船就像是一个黑色的圆圈,在云雾状废气的映衬下异常显眼。大卫感到不对劲,惊慌起来。他们还听不到发动机的声音,但很显然,飞船在低空飞行,以穿越平流层的速度穿过稠密的大气层。不管它合不合法,这都是一个危险的赌注。一定是出了非常严重的问题,船长才会冒这样的危险。

"该死的傻瓜。"托比嘟囔着,"它距离我们不到一千英尺了——小心你们的耳朵。"

仍然没有任何声音,因为它的速度比托比发出的声音还要快。它继续疾驰着,从他们右边不到一百码的地方飞过。三人蜷缩着,用手紧紧捂住耳朵,那一行行亮着灯的舷窗只能看到几条明亮的条纹。飞船喷出羽毛形状的烟雾,像一颗小彗星的尾巴一样伸展开来。就在快要降到地面的时候,飞船发出的撞击声冲击到他们。首先,巨大的声波如同物理撞击向他们袭来,如果他们一直站着,就会被吹倒在地。接着,一阵狂风吹散了托比的篝火,近处树枝飒飒作响;风吹断了树枝,撕扯着他们身上的衣服。最后，热气滚滚而来，夹带着硫磺，呛住了他们的喉咙，他们忍不住咳嗽起来。当这条现代"巨龙"飞驰而过时，他们的头转向了它。托比的嘴唇翕动着。他的话听不清，不过他的表情已经说明了一切。片刻之后，发动机的烟雾被一股强大的纯白色火焰冲淡了。声音传到了三个守望者的耳朵里———一声巨响盖过了发动机的轰鸣，然后是寂静和黑暗。

男人们把手从耳朵上拿开，面面相觑。

"天啊，"大卫叫道，他正处于暂时性失聪的状态，"一场多么可怕的撞击。"

托比说："它就是为了撞击地面才这样飞行的，现在它如愿以偿了。"

德克转过身，再次凝视着最后一道闪光的方向。"你认为我们应该？"他问。

大卫摇了摇头说："目前没有任何意义。我们不可能在黑暗中找到它，而且不管怎么说，像这样的状况，很难有人可以存活下来。我们最好等到明天早上。"

托比咕哝了一声，什么也没说，开始愤愤不平地收集生火的材料。

尽管他们出发得很早，但直到八点钟才到达失事地点。车子可以通行的道路既稀少又难走，所以不可能把车开到离现场一英里半以内的地方。剩下的旅程，必须步行穿过松林。

飞船最后降落在一片林中空地上。在它的身后，有一条沟，上面是被撞击碾碎和烧焦的树木。从表面上看，飞船曾努力尝试爬过山顶，但差了两三百英尺就失败了。它的尾部是倾斜的，所以裂开的飞船指向天空。它的船头是一团难以辨认的乱糟糟的东西，而它的中间被分成了几部分。对大卫来说，很明显，即使在这种破破烂烂的状态下，这仍然是他见过的最大的火箭船之一。他望着飞船，脑海中还清晰地记得它当时的速度，他惊奇地发现飞船甚至还保留着以前的样子。他们沿着林带的边缘走下来，一起穿过空地。德克问了一个问题，而这个问题使他们感到困扰。

"这是什么？它显然是地球人造的，而不是火星人，但它和我以前见过的任何飞船都不一样。"

以客运飞船的标准来看，它的宽度太窄了；也没有任何战舰的特征；而且，它体积这么大，不可能是私人飞船；同时，它所表现出的速度对于货运飞船来说也是极其不划算的。他们走得越近，越发困惑不已。大卫领着路走到船头，他确定自己以前见过这么大的一艘飞船，但已经记不起当时的情景。他们停下来调查残骸。巨大的钢板被压皱了，就像揉皱的纸。歪歪扭扭的骨架，参差不齐的尖头，到处突出着，像挑出来的骨头一样闪闪发光。船头上的识别号码被埋在一堆层层堆积的垃圾下面。大卫正要转回船尾，这时托比叫了一声。大卫看见他的脚边放着一截折断下来的钢条，上面依稀可见三个字母的轮廓。

"K、A、N。"他念着，"这到底是什么意思？"

大卫皱起了眉头。他试着重拾起一些模糊的记忆。那些记忆差一点就要溜走，而他突然又想起来了。

"胡拉坎号。"大卫叫道，"我现在想起来了。我在它开航前看过一张它的照片。没错，就是它。"

他的两个同伴一脸茫然，这个名字对他们毫无意义。

"它是干什么的？"托比终于问道。

"探险号。开航那会儿——大概是七年前，它是第一艘离开太阳系的飞船。"

德克摇了摇头，声称自己不记得这件事了。

"你当然不会知道。他们竭尽所能保持低调。那个时候发生了很多坠毁事件。我从火箭服务处的一个朋友那里得到的消息，他给我看了它的照片。这是一艘非常出色的飞船，当时全国的人才都到这艘飞船上去了。"

托比盯着那些破碎的残片，"全国的人才。"他重复道，"这些优秀人才的生命——都为了这个。我们真是傻瓜！它飞去哪里了？"

"它打算离开太阳系，除此之外我一无所知。也许它从未完成过这个任务，但我希望它做到了。"

"为什么取这么奇怪的名字？"德克好奇地问。

"胡拉坎号？哦，它是一个古老的神，掌管着雷电和风。"

"嗯，它昨晚确实大发雷霆了。"

就在德克说话的时候，他们来到了船体上一条裂开的缝隙跟前。托比停了一下，示意这是一个方便勘探的入口。另外两个人只是犹豫了一下，便跟着他进去了。他们发现自己身处一间建造精良的睡眠舱，坠机时这里是空的。大卫对此心怀感激，他并不想看到某些不愉快的场面。托比大步走到对面墙上的门口，拉了拉门把手。不出他所料，门被卡住了，需要相当大的杠杆力才能把它撬开。最后，在他们的共同努力下，门终于开了，三个人发现自己进入了一条主通道里。托比有先见之明，带了手电筒来。他现在把它拿了出来，用光扫射了一下四周。在左边，一团扭曲的金属挡住了前进的路，而在右边，空无一物的地板笔直地延伸开来，因为飞船这个部分已经断裂。他们刚走了几步，就听到船尾传来一阵噼里啪啦的响声，他们突然停了下来，大卫被这突如其来的声音吓了一跳。

"那是什么？"大卫不安地问。

"可能是发动机冷却下来了。"德克猜测道，"当飞船被击中时，它正处于高温状态。一定有一些残骸正在收缩。"

然而，一艘坠毁飞船上发出这些声音，阴森森的感觉令人害怕，他们谁也不喜欢这样的声音。大卫想，也许是他们搞错了，有人在撞击中幸存下来。他提高了声音询问是否有人，回声在金属墙壁上极速回荡，但没有任何回应。

托比继续往前走。沿着走廊走了三十英尺，左边的一扇门虚掩开着。他们推开门，发现是一间小客厅。家具很简单，只有一张书桌、一张餐桌、三四把椅子和一个书架，书架上有用来放书的木条。但最让大卫感兴趣的发现是，墙上挂满了图表。他注意到，星座和星座群用黑色显示，但其中有一条红线。他的三维导航知识和德克的一样，都是些粗浅的课本知识，不过他们俩兴致勃勃，仔细观察那条红线，他们觉得那是胡拉坎号的航线。托比对这些图表没什么兴趣，他跟另外两个人说了句话，就离开了他们，继续探险。

大卫最后得出的结论是，胡拉坎号一直在探索小犬座附近的星系。这一发现使他更加迷惑不解。这艘船在七年前出发，而他记得小犬座距离地球有几秒差距的距离，以光速往返需要二十一年的时间。他向德克指出了这一矛盾之处，后者耸了耸肩。

"我一直不明白为什么光速是理论极限。如果这些线路是正确的，这意味着他们突破了限制。看看日期就知道了。"

大卫弯下身去，仔细观察着轨道旁边胡乱涂写的数字。这些数字指的是飞船的速度，而这使他喘不过气来。他正打算说话，但突然一个声音把他打断。刚才吓了他们一跳的那个声音，那个嘎吱嘎吱的声音又响起来了。这一次声音大得多，似乎更近了。紧接着传来托比的声音，是在呼唤他们。他们面面相觑，那喊声带着惊恐的口吻又重复了一遍，他们不约而同地向门口走去。

几码远的地方，船的尾部被撞坏了，地板因而向上倾斜。他们一边爬上湿滑的金属甲板，一边呼叫着托比。第二声呼喊声的腔调，已经很难让人联想到那是托比的声音。这给人一种不断增加的恐慌感，前面的枪声鞭策着他们前进。谁在那里开枪呢？大卫不知道。也许其他人已经在他们之前发现了沉船。

"你在哪里？"他喊道。

托比的声音从右边应声而来，与此同时，一阵刺耳的金属嘎吱声传来。大卫推开一扇门，两个人站着朝里边看。他们面对着一个方形的储藏室。墙壁靠着一排排货架和储物柜，只有右边墙中间留有一块空白，货架和后面的隔板都掉了下来，露出一个黑暗的缝隙。从两个小舷窗透出来的光线有些微弱，但在大卫看来，就在他看着它们的时候，黑暗的缝隙的边缘似乎是隆起和弯曲的。托比蹲在左边的角落里，眼睛紧盯着那个黑洞。

"那是什么？"大卫说着，走进了房间。

"停下来！"托比拿枪对着大卫，"别再靠近了，这附近有什么可怕的东西在动。"

两个人注意到，他们的到来使他的声音不再惊慌失措。尽管如此，他的神情还是很紧张。

"但是——"

"看在上帝的分上，照我对你们说的去做吧！现在往后站，扶住门，别挡道。我得跳下去了。"

大卫困惑不已地照做了。托比似乎没有什么合理的理由这么做。大卫迷惑不解地看着托比踢掉鞋子，扔下夹克。他把手枪扔过去，紧张地蹲了下来。他的两个朋友都知道他肌肉发达，他站立跳跃的力量确实让他们惊讶。托比以一个华丽的姿势腾空一跃，那简直比杂技演员还要完美。这是极好的，但还不够好。在半空中，他突然被制止住了。另外两人都惊讶地叫了起来。托比似乎撞到了什么东西——一个挡在他们中间看不见的东西。有一秒钟，他似乎悬在空中，双腿和双臂疯狂挣扎着，然后他开始滑落，开始很缓慢，后面越来越快，就像是从一个曲面上滑到了地板上。大卫和德克目瞪口呆地看着托比在挣扎，他好像在拼命地与看不见的东西搏斗。大卫不顾托比的叮嘱，向前迈了一步，但托比注意到了他的动作。

"不，不，走开。"托比喊道，"我不行了，我——"他的声音突然变成一声痛苦的尖叫，身子懒洋洋地耷拉下来。

在托比一条大腿的中间出现了一道很深的凹痕，然后就像被斧头砍断了一样，腿一下子就断了，但它并没有掉下来，而是开始慢慢地飘过房间。他们脸上带着难以置信的恐惧，看着那个没有支撑肢体在离地面九英寸高的地方移动着，以一种稳定的、坚定不移的动作向墙的裂缝缓慢移动着。首先是脚，一点儿一点儿地走出房间，进入远处的黑暗中。大卫感觉一阵眩晕，他感到德克抓住了自己的胳膊，他想说话，但嘴巴却干得出奇。他强迫眼睛转回到倒下的托比身上，突然喘了口气。托比的一条胳膊，就像那条腿一样被分离出来——同样尖锐的凹痕，但仍然看不见什么东西。当那只手臂挣脱出来时，他看到裸露的肩膀上有深深的凹槽。

大卫猛地回头，拉着德克一起走。他们知道托比已经无可挽回了，他们慌慌张张，一声不吭地顺着倾斜的走廊往下滑，到空旷处寻求帮助。

官方调查

他们开车疾驰了五英里，来到了克利多小镇。在警察局，他们给一个冷漠无情的警长做了一份含糊不清的陈述。警察的眼神里流露出带着责备的怀疑。根据警长的经验，激动的报案，再加上胡言乱语的情况，常常与酗酒有关。因此，他把看上去不够伶俐的自己，隐藏在严厉而冷峻的眼神后面。

"你们是什么人，在这里做什么？"他质问道。

大卫说出了他们的名字，并解释他们是去野营旅行的。警长走近他们，更加仔细地打量着他们。他们很激动，但不得不承认，他们没有表现出任何醉酒的迹象。而且，当时还不到十一点钟。

"好吧。"警长说着，回到他的桌子边，拿起一支笔，"你再给我讲一遍吧，不过这次慢慢讲。"

显然，酗酒的猜想只是暂时被搁置了，因为他的语气充满了敷衍。大卫振作起来，在德克不时地提醒下，有条不紊地详细讲述了这件事。警长从头到尾都是一副防备的神情，还带着一丝怀疑。在听完大卫的陈述后，他说："我接到报告说，昨晚有一艘飞船超速驶过。你说它的名字是什么？"

"胡拉坎号。"大卫拼出了这个名字，"如果你给星际探索公司打电话，你就会知道它的情况。"

警长哼了一声："这个我会去查的，嗯，那个攻击者到底是什么样的？"

"这正是我一直在告诉你的。它不像任何东西，你看不见它。"

"是船上太暗了吗？"

"不，我告诉过你，它是看不见的。"

"看不见的，是吗？可是它却杀死了一个人？"警长的声音有点疲倦，"你们这是在搞什么——恶作剧吗？"他突然改变了口气问道。

他敏锐地观察着他们，而他们俩激烈地发出抗议。他敢肯定，这些人受到了惊吓，但这个故事确实有点恐怖……他若有所思地扯了扯一只耳朵，皱起了眉头。这件事必须弄清楚。

"兰金。"他向一个警察喊道，"你已经听到了这些人的事情。现在就过去看看吧。"

"是的，先生。"警察行了个礼，转身要走了。

"我来给你带路。"大卫提议道。

"不，这是不允许的。"警长坚定地说。这事情背后有些蹊跷，无论如何，有一个人死了，他不能冒险，"在兰金巡警做出报告之前，我不得不请你们留在这里。"

"可是你不知道这东西，不管它是什么，都很危险，非常危险。我们可以证明——"

"不。如果是真实的，我会处理——如果是开玩笑，你们要付出代价的。"

两人无可奈何地望着对方，德克耸了耸肩。

"哦，好吧。"大卫在一张硬板凳上坐了下来，闷闷不乐地盯着一张装裱好的警察规章制度卡片，"但不要因为任何可能发生的事情责怪我们。"他补充道，"我警告过你的。"

兰金巡警冷静地大步走出警局，他们听见他启动了一辆摩托车。警长开始用一支粗糙的笔费力地做笔记。

三小时过去了，已经快两点钟，警长开始有点担心。这段时间完全足够到十公里车程的地方做一次粗略的检查。忧虑逐渐变成了明确的恐惧，落在警长心里。他又向这两个人提出了一连串的问题，但他们的回答并没有让警长的忧虑得到缓解。大卫和德克对兰金巡警长时间不回来的原因都心知肚明，他们也警告过了。想到这个人平静地走向死亡，他们的胃里涌起一阵恶心。

"我们再给他半小时。到时候他还没回来，我们就去看看。"警长不安地说。

过了三点钟，他们才赶到必须下车徒步的地方。警长增派了两名警员。大卫领着沉默的队伍穿过树林。两个增援警察茫然地大步往前走，警长则露出忧虑的神色，这表明他先前的猜疑已经消失了。当他们看到倒下的飞船时，警长不禁倒吸了一口气。

"天哪，多好的飞船啊，多么严重的碰撞！"他喃喃自语。警长对他俩的态度发生了微妙的变化，他问道，"那么，你们是从哪里进去的？"

大卫指了指船头附近的缺口。"从那里过去。"他说，"我们开始向船尾往回走。储藏室一定在船的中部。"想起那个房间，他感到有点恶心。警长点了点头。

"你带路，让我们看看到底发生了什么。"警长建议道。

大卫和德克都断然地摇了摇头。

"如果我这样做，那就是自寻死路。"大卫说，"我告诉过你这有多危险——可你却叫我继续下去。这还不够糟糕吗？"

警长轻蔑地哼了一声，示意他的同事前进。他们在空地上走到一半的时候，突然传来金属碎裂的声音。两名当事人面面相觑，犹豫了一下。

"那是什么？"警长厉声问道，"某人正在犯案，我敢肯定。我们要把他们抓个现行。"

在离缺口几码远的地方，他停了下来，开始低声发号施令。话音刚落，他被一阵金属板的嘎吱声打断了。然后他们都转过身来，望着船尾。令人难以置信的是，他们看到船舷鼓了起来，一块结实的钢板开始向外弯曲。他们被吓到了，说不出话来，只能看着这最坚硬的金属继续膨胀。警长倒抽了一口冷气，因为他知道这种材料的硬度是无可比拟的。铆钉头"哗啦"一声掉了下来，就像机关枪在开火，随后钢板轰然倒在外面。那五人继续紧张地盯着看，但什么也没有出现。在板块背后发力的巨大力量仍未出现。警长费了好大劲才使自己镇定下来。

"我们从那里开始。"他说，"我们慢慢靠近船身，出其不意地袭击他们。"

大卫和德克踌躇不前，竭力劝阻他，但他不愿意放弃。他的态度唐突草率，掩饰了他的疑虑。这群人在飞船的悬壁下缓缓前进。在离最近的洞口八英尺的地方，他们的担心被证实了。最前面的警察突然大吼一声，往后跳了回去。

"怎么回事？"警长开口了，但他说不出话来，眼睛瞪得大大的。甚至受伤的那个人也暂时忘记了疼痛。他站在那里，断掉的手腕鲜血直流，他茫然地望着失去的手，而那只手在半空中慢慢地飘走了。大卫从口袋里掏出一块手帕，冲上前去做止血带。警长很快从最初的震惊中恢复过来，犹豫了一下，似乎要向前走。

"别犯傻了。"德克抓住他的胳膊说，"它也会抓到你的。"

另一个人后退了一步，眼睛仍然盯着那只移动的手。警长看着它悄无声息地飘进黑暗的洞口。当他转向其他人时，脸色变得极为苍白。

"先生们，我得向你们道歉。我之前没有意识到你们看到了什么。想想我派出了可怜的兰金——"他的话被金属的嘎吱声打断。原来洞两边的板都在弯曲和下陷。这群人抬着那个已经昏倒的伤者，匆忙撤退。他们默默地看着成片的铁板被缓慢而无情地从铆钉上撕下来，直到在胡拉坎号的一侧出现了一个比以前大四倍的洞。

大卫在安全距离范围内，绕着飞船转了一圈，想看一眼里面的情况。他知道，自己所看的地方大概就是托比死去的地方，但储藏室的墙壁现在已经变成了地板上扭曲变形的金属。房间里排列着宽阔的木架子和储物柜，都已经消失不见了。他粗略地猜测出后来发生过的事情，这些柜子应该是被碾压成碎末了。警长垂头丧气走到他面前，很明显他现在感到力不从心了。

"我得找人帮忙。你能帮我带个口信到警察局吗？道金斯还在那里。"警长朝受伤的警察点点头，"他需要尽快得到治疗。你和你的朋友把他送上车去，我们在这儿看守着。"

大卫同意了。他等着警长草草写了个条子，然后他和德克扛着那个不省人事的人朝汽车走去。

五点钟，他们把不幸的道金斯送到医院，然后吃了一顿美餐，增强了体力。回来时，他们发现派到胡拉坎号的警力大大增加了。警长毫不掩饰他满脸的郁闷，出来迎接了他们。他指出，那个洞已经比之前更大了，其他地方的板子也被扯掉了。

"如果允许的话，它就应该被绞死。"他承认，"谢天谢地，督察很快就会来的。不过我也不知道他能做些什么。看看这个。"

他捡起一根长的粗壮树枝，把它伸到身前，小心翼翼地朝那个裂开的洞走去。这根六英寸长的树枝嘎吱一声被剪掉了。他慌忙后退，回来时指着木头上深深的凹槽。

"这是被牙齿咬的。"他说，"毫无疑问。"

大卫点点头，这使他不愉快地想起托比的肩膀。他立马回头看了看那艘船，注意到船舷上新增破口的数量。

"这还不是全部。"警长指了指离船四五码远的一丛小灌木，"你们看。"他说。

灌木在无形的压力下开裂了，朝向他们弯曲。他们刚看了一眼，它就塌了，压成了一团。然后，它被举到略高出地面的位置，顺着树枝的轨迹慢慢地向船飘去。

"它很大，而且正在变大。"警长补充说。他捡起一块石头，把它高高地抛向空中。石头盘旋着飞向船体，当中被诡异地打断了。它在空中停留了一会儿，接着向下滚动了一码左右。然后它停了下来，除了轻微的跳动起伏之外，看上去没有任何支撑和固定物让它停留在空中。在场所有的人都感到一种莫名的恐惧。

从船的另一边传来一声惊叫，吓得他们赶紧行动起来。他们绕过船尾，与一群以惊人速度行走的男男女女相撞。

"这是怎么回事？"警长问道。

一个人指着他身后，一边跑一边喊着什么听不懂的话。

"该死的观光客。"警长喘着气说，"幸好他们害怕了，可是他们能不跑吗？"

看到另一边的全貌，他们便停了下来。那些人恐慌的原因显而易见。一个观光客无法再继续窥探了，因为他的尸体已被肢解，正朝飞船漂去。

大卫看了看德克，然后转向另一个人。他对目前的景象感到恶心，询问他们是否可以离开。警长点点头。

"是的。现在把你们留在这儿对我没有太大好处，但我希望你们明天有空——督察可能要和你们俩谈谈。"他拿出一块大手帕擦了擦脸，"当然，"他补充说，"如果督察能来的话。"

摧毁危险

他们俩在克利多找到了一家还过得去的旅馆。第二天早上返回时，发现督察终于现身并指挥工作。夜里，除了派人看守以警告好奇人士之外，几乎没有什么可以做的，但天亮后，一系列行动启动了。他们明智地投掷了几块石头，大致确定了危险区域的范围，很明显，现在危险区域以一个近似椭圆形向船的周围延伸。但是，实际的边缘不是规整的，因为在主体前面三四英尺的地方，有些地方是看不见的延伸物。警察每隔相同距离间种下一排一排的树枝，这样就可以估算危险物行进的平均速度，结果大约是每小时一码以上。警长又来到了现场，向他们打了个招呼，并表示他对这种计算的价值表示怀疑。

"有没有可能。"他指出，"这根本不是他们所说的前进速度，而只是它正常的生长速度。"

"上帝保佑。"大卫虔诚地说。

"他们有安排什么科学家在调查吗？"德克问。

"没有。他们认为没有科学家能处理好这件事——带他们一起来意味着额外的开支。"

德克哼了一声。"也许最后还能省下你的费用。"他咕哝道。

他们向空地那边望去。除了两侧的洞越来越多，胡拉坎号看起来和他们前一天第一次看到时一样。在阳光的沐浴下，光滑的铁板上映射出闪闪发光的光芒。从表面上看，它和他们之间并没有什么矛盾；没有什么能阻止一个人径直走到它面前，进入它的身体。如果目不转睛地盯着它，人们也许会想象到它周围有一层薄雾，比上升的热气更稀薄，足以使边缘看上去没那么锋利。然而大卫意识到，如果没有事先警告，他会毫无怀疑地走进这个看不见的陷阱。警长把自己的任务交给了督察，他的神情变得轻松多了。对方毫无斗志地接手了难题，现在是一个闷闷不乐的人。当大卫和德克被带过来时，督察沮丧地向他们点了点头，问了几个问题，其语气表明他并不指望他们能帮上忙。几分钟后，一名身穿军装的男子从警戒线旁走来，并做了自我介绍。他是福布斯队长，看样子，对目前情况有些不满。他以一种无聊的方式凝视着对面的胡拉坎号，他的态度混合着淡淡的嘲讽和优越感。他谈到派他来的指挥官，只是没有说明派他来这里的原因。

"好吧，督察。"他说，"你确实成功地煽动了我们的人——他们派我带着一队人和机关枪来增援你。这到底是怎么回事？"

警长又解释了一遍情况，督察虽然以前也听说过这些内容，但是听着部下的汇报，他的表情越来越焦虑。在大卫对托比结局的描述结束时，他慢慢地点了点头，若有所思地盯着那艘船。

"在我们得到更多的证据以前，我们只能得出这样的结论：飞船坠毁导致机上所有人死亡，不幸的是，一些他们带回家的标本被释放了。这是唯一能解释这件事的方法。你说你根据图表得出，那艘船曾经到过太阳系以外的地方。"

"图表似乎可以证明它曾经到过南河三星系。此外，我碰巧知道这艘船是为了探索自由空间而建造的。"大卫回答说。

警长插话说："是的，先生。今天早上有这样的消息传来。"

督察眯起眼睛。太阳系里有足够多的奇怪东西——只有上天知道太阳系之外可能存在什么怪物。福布斯队长缺乏想象力，带着怀疑的语气插了嘴："但这一切听起来都很荒谬。你认为那是什么东西？"

大卫否认了自己知道的一切，但暗示那是某种动物——他承认，也可能是一种植物，不过他认为那不太可能。

福布斯队长温和地微笑着，点上一支烟，开始向船走去。德克抓住他的胳膊。

"别傻了。我不怪你不相信我们，但看看这个。"

他捡起昨天警长掉在地上的树枝，上面的牙痕印依然清晰可见。队长仔细地检查了一番，然后没有了继续前进的雄心。督察转向大卫。

"你想不出对付这东西的办法吗？"

大卫摇了摇头。德克插话道："我想到了一件事，可能重要，也可能不重要。"

"那是什么呢？"

"如果可能的话，阻止它靠近树木。你注意到了，它已经把能找到的木头都吃光了。这可能只是一种清除障碍的方法，但我对此表示怀疑：它并没有这样对待金属。它或许以木头为食，对此我一点也不奇怪。"

督察用眼睛测量了一下残骸和树木之间的距离——大约已经有四分之一的地方被侵占了。福布斯队长非常烦躁，坐立不安。

"听着，督察，我知道这是你的专长，但是让我用机关枪打那东西怎么样——那会把它打成碎片的。"

另一个人犹豫了一下，然后同意了。他不太相信机关枪能对付这个怪物，但试一下也没什么损失。当队长走开的时候，他突然有了一个想法，他在一张纸上潦草地写了几个字，递给了附近的一个警察，指示他快点去执行。

一群困惑不已的机枪手到达了现场，并被引导到距离危险线几码的位置。当被告知他们要把武器放在这个地方时，他们起初表现出不满，后来又觉得好笑。他们摆出一副迁就蠢人的架势，把枪安放在那里。

"这是打靶练习——只不过没有靶。"其中一个小声说。

枪手安静了下来。

"我们的目标是什么，先生？"

"只要一直朝前瞄准就行了。"

队长若无其事地耸了耸肩，心里七上八下的，队员们喘着粗气。每颗子弹都快速地发射出来，却如同铅块一样悬在半空中。

"喂，我不明白。"其中一人紧张地嘟囔着，"这到底是什么鬼东西？"

机关枪又发出咔嗒咔嗒的射击声，然而结果还是一样的。大卫斜眼看了队长一眼，队长似乎早就预料到这个结果，枪手惊讶地转过脸来。

"还要继续吗，先生？"他问道。

"小心。"大卫喊道。子弹升了起来，向前涌去。枪手们惊慌失措地往后一跳，一个人被枪架绊了一跤。一个清脆的声音传来，接着是一声痛苦的喊叫——那人的靴子开始慢慢地移动，脚还在里面。他的同伴转身把他拖了回来。

福布斯队长呆呆地盯着那只断了的靴子，脸色变得异常苍白。他似乎第一次明白了这绝对不是一场骗局。

"好吧，你的机枪并没有起到多大作用。"督察不友好地评论道，"等他们把我要的东西送来，我们再试试另一招。"

他们被迫等了半个小时，才有一小群人提着一个大件东西出现，仔细一看，那是一捆废棉花。后面跟着两个提着油罐的人。

"把它泡一泡。"他们把这些东西放下来，督察指挥着他们，说："倒在上面，拿几根长杆子来。"

点燃的棉花包猛烈地燃烧着。四个人走过来，开始用杆子把它推下去，其余的人则专注地站在那里等待结果。

"如果成功了，我们就去拿些喷火器来。"督察说。

那捆棉花包碰到了看不见的障碍，突然停了下来。它停在那里，冒着烟。

"用力推！"

前面的障碍物已经消除了，在下一轮投放之前，这捆东西能够前进整整一圈。警长表现出对他来说不同寻常的兴奋。

"已经热起来了。"他幸灾乐祸地说，"我们现在可以让它动起来了。"

但他太乐观了。就在两根竿子向前推进的时候，突然传来一声巨响，震动了大地。火焰被扑灭了，只剩下被压扁的棉花包上的一层烧焦的污迹。撑杆子的人迅速撤退。

"该死的，如果它没有跳上去的话。"警长愤怒地哼了一声。

督察把帽子往后一推，搔了搔头。当他凝视着胡拉坎号时，他的表情是全然的失落。福布斯队长同样大吃一惊，但思考了几分钟，他笑了起来。他走近督察，提出了一个建议。对方看上去有些怀疑。

"我必须得到许可。"他表示异议，"毕竟，这艘船是属于某些人的。"

"当他们了解了这有多危险时，就不会介意了。与其让这东西继续生长，还不如毁掉它。"

"你需要多长时间？"

福布斯队长沉思着，然后说："大约到明天早上。"

督察点点头，这个计划似乎很合理。尽管如此，他还是不安地看了一眼那排警戒线。第二天早上，危险区域就会扩大至树木处。队长看到了他的神色，明白了他的意思。

"我知道你想现在就处理这件事，但我们能做些什么呢？"

德克目睹了两次进攻的场面，没有发表任何评论，他向他们走了过去。在他看来，督察想要对付这个危险物体的企图是幼稚且非常不科学的。这让他想起了曾经看到的情景：一些男孩用棍子戳一头昏昏欲睡的狮子——但这是两码事，因为男孩们能够依仗铁栏。现在，福布斯队长已经成功地提出了建议，但可能又是一个愚蠢的计划。

"为什么不找一些生物学家来帮忙呢？"德克建议道。

队长对这句话不以为然。他不明白为什么一个陆地生物学家会是研究外来生命的权威——如果它确实是从南河三系统来的话。此外，他还指出，即使想消灭地球上的野生动物，也没有必要请来生物学家。

德克唐突无礼地说："这正是你应该做的。毕竟是生物学家在巴拿马和类似的危险地区消灭了害虫。你现在可能正带着一桶烈性炸药要儿戏。倘若这个生物是易燃的——它很可能是易燃的——你就会引起一场大火，蔓延几英里。"

"你是生物学家吗？"队长冷冷地问。

"我不是。"

"那我就请你不要多管闲事了。另外，我要提醒你，你在这里没有发言权。"

督察也没什么自信，想打断他，但又改变了主意。他对队长也没任何信心，不过是同情队长的怨恨之情。德克气得脸都红了。

"当你在胡闹的时候，这个东西正在不断生长。如果这事变得一发不可收拾，之后发生的事，责任就将由你承担。"

"既然如此，你能不能不要再高谈阔论了？你似乎无法提供建设性的帮助，我看不出你有什么理由留在这里。"

德克强忍住了自己的反驳之词，转身愤怒地大步走进树林。

"该死的好事者。"队长看着他走了，喃喃自语着。他又转向督察，补充道，"如果要在明天早上之前准备好，我需要立即开始工作。"

引爆怪物

德克既没有回到旅馆，也没有留下任何口信。大卫一点也不惊讶，因为德克不是那种轻易甘愿受责备的人——尤其是在不值得被责备的时候。因此，第二天早上他独自一人吃了早饭。没有一家报纸提到胡拉坎号事件。他原以为这会是头条新闻，但反复搜索报纸却什么都找不到。更令人费解的是，这艘船已经在山坡上躺了三天两夜了。在去现场的路上，他在警察局停了下来，顺便把警长接了过去。

"记者们怎么了？"他们出发时，他问道，"这对他们来说应该是天赐良机。"

"是的，但我们阻止了他们。"

"这是一个千载难逢的机会——为什么阻止呢？"

"他们会把这件事情进行大肆渲染的，到那时那里就成了游客打卡地了——你还记得前几天那个猎奇的人吧。他自食其果。"停了一会儿，他继续说，"今天会有一些'烟花表演'，我们希望这个地方没有人。"

他们走近残骸，发现危险区域比预期增加的还要多。现在它和树林之间只剩下几码宽的狭窄安全地带了。督察和福布斯队长抬起头向他们打招呼，接着继续研究一张放大的照片。大卫发出了惊讶的感叹，队长也咧嘴笑了。

"很好，是不是？刚送到的。"

"可是究竟怎么——"

"在航行领域费了点脑子。他们昨天派了一架飞机过去，拍摄了几英尺的胶片——当然，冲洗时没有任何迹象。后来，有个聪明的小伙子想出了一个主意，装了一个红内摄像机，把它送了过来。这就是结果。"

打印的图片显示了胡拉坎号的位置以及附近区域的情况。至于飞船本身，除了表面之外，几乎看不到什么，其余部分都淹没在一片黑暗中，这片黑暗一直延伸到船的周围。乍一看，这个阴影似乎是一个光滑的椭圆形，但仔细观察会发现，边缘是锯齿状的，形成了一系列看似不锋利的投影。大卫觉得很失望，直言不讳地说出了自己的想法。

"看不出多少有用的信息。"他咕哝着，"我的意思是，我们仍然无法得知，我们面对的是单一的生物，还是一群野兽。"

"不管怎样，我肯定它是动物，不是植物。"督察回答道，"你仔细想想，这其实并不奇怪。毕竟，地球上也有透明生物，要进化成完全隐形的生物，这并不算很大的进步。你有没有注意到，所有它抓住的东西都直接进了飞船？我有个想法，这个家伙拥有多个咽喉和一个中央胃，而它的胃就在飞船的某个地方。事实上，福布斯队长的计划就是建立在这个想法上的。"

"他的计划是什么？"

督察继续解释给他们听。据计算，任何被这个看不见的怪物抓住

28

的东西——以它现在的大小——只需要两分钟就能进入飞船。一些炸弹已经被制造出来，并配备了定时装置，时间设定为两分半钟。他们把炸弹放在木箱里，让怪物觉得很好吃。他希望，只要这顿难以消化的大餐同时爆发出来，就能解决问题。当然，这意味着命运多舛的胡拉坎号将会被毁灭，不过它现在已经没有什么价值了。

"为什么不用短波引爆炸弹，并确保它们同时爆炸呢？"大卫问。

队长摇了摇头说："那是第一个想法，但考虑到金属外壳的掩蔽效应，这种生物的身体很可能在某种程度上起到屏蔽作用。计时的方法似乎更有效。"

大卫站在后面看着他们做准备工作。这里集合了四五十个人，队长正在指导他们的工作。警长走到他身边和他聊天。他似乎对这个计划没有多大信心，他认为如果不想被炸得粉身碎骨，最好找好掩体。大卫回忆说，他看到过一间废弃的小屋，很适合做掩护，因为它在离空地有一百码远的树林里。他领着大家绕过那片狭窄的空地。

在一个方便观察的地点，他们停下来看队长的部署情况。在空地的边缘，每隔一段距离就有一些人站着，面朝着飞船。乍一看，这个阳光普照的空间似乎不可能潜伏着任何危险——似乎每一个人都可以径直走到胡拉坎号闪闪发光的侧面，除了空旷的空气外，不会有任何障碍。每个包围圈的人右手都拿着一根杆子，杆子的一端装着一枚木壳炸弹。每个人左手拿着一根系在炸弹上的绳子。他们中有一两个人明显很紧张，其他人则似乎把整个事件看作一个笑话，大多数人都冷静地等待着信号。

在三声尖锐的哨声后，每个扛杆子的人都突然行动起来。武器水平倾斜，士兵们左手灵巧地拉着导线，炸弹发射了出去。警戒线以老式长矛兵的方式依次推进。

他们前进了三步，突然一阵尖锐的爆裂声传了过来。球状的木杆子头被折断，开始了缓慢的毁灭之旅。警戒线上的人全速寻找掩护，一边跑一边丢下缩短的杆子。整整半分钟，大卫和警长继续观察着这群具有破坏性的炸弹的神秘进程，它们慢慢地、无声地聚集在一起。然后他们也想到了躲避的地方，向一间小屋走去。

两扇肮脏的窗户透出微弱的光线，让大卫得以检查这个地方。里面的家具早就搬走了，只剩下几个摇摇晃晃的架子，一把短柄斧和其他工具等残余物散落在地上，还有一些未干的油漆罐和其他不值得费力去清理的垃圾。他在角落里的一堆树叶上坐了下来。警长走到他身边，他们的头凑在一起，注视着大卫手上那块宽大的商务手表。

"还有一分钟。"

仿佛是遇到了突然的障碍，传来了低沉的两声闷响，紧接着是第三声。警长不以为然地摇了摇头。糟糕的技术——幸运的是，在目前的情况下，这无关紧要。他们越来越紧张，看着秒针爬向主爆破时间。它比预定时间早了十五秒。首先是一声巨响，紧接着传来一声惊人的轰鸣声，就好像一颗炸弹过早爆炸，点燃了剩下的炸弹。

他们本能地用手捂住耳朵，巨大的声浪把窗户震得粉碎。当空中的巨浪从他们身边涌来时，他们被撞得东倒西歪。散落的碎片像雨点般落在头顶。一声猛烈的撞击声使整个建筑物都颤抖起来。被震落的泥土哗啦哗啦地落了下来，紧跟着是东西从倾斜的屋顶上滑下来的声音，它"扑通"一声落在门外。

数量众多

大卫咧嘴一笑。"我敢打赌这是那畜生的一部分。"他满意地说，"如果它尽情享用了这顿大餐，它就会——"

他突然停了下来。近处传来一声令人恐惧的尖叫——痛苦的尖叫愈演愈烈，又戛然而止。两人面面相觑。那声尖叫只能说明一件事——出事了，并且危险还没有消失。警长张开嘴想说话，但又被另一声撕心裂肺的尖叫声压了下去，这次声音离得更近。在那之后的几分钟里，空气中回荡着痛苦的哭声。大卫用手捂住耳朵，把痛苦的声音挡在外面。他瞥了警长一眼，发现他脸色苍白，神情严峻。他站起来的样子，就像一个觉得应该采取行动，但不知道该采取什么行动的人。他朝门口走去，但大卫走得更快。他从警长身边冲过去，站在门口挡住了路。

"不，"大卫叫道，"先把那根棍子给我。"

警长迷惑不解地把棍子捡起来递给了他。大卫把门拉开一两英寸，把棍子从门缝里往下插。一声急促的嘎吱声，他收回了棍子，棍子明显变短了。

"你看到了吗？"大卫指了指棍子末端明显的牙齿痕迹。

警长从大卫手里接过木棍，然后他也把木棍塞进了裂缝——比刚才更高。他敏捷地往下一击，在离地两英尺的地方，它撞上了障碍物，突然断在他手里。他看着大卫。

"我们可以很容易地跳过它。"警长建议道。

"也许会落在另一个上。"大卫摇摇头，停顿了一会儿，接着说，"现在我们陷入了一团糟的境地。那个炸弹的想法完全失败了——危险已经分散在各个地方了。"

周围的树林里又传出痛苦的叫声。远处传来一阵急促的炮火声。过了一会儿，门底边的一段木头折断了，开始飘走。他们急忙"砰"的一声关上门，拉上插销。

"我们得赶快离开这里。"警长喃喃地说。

他们若有所思地凝视着破碎的窗户。阳光透过树枝洒在光秃秃的地上，但大卫把注意力转向了蛛网密布的头顶。至少在一段时间内，那里似乎是安全的。在警长的帮助下，大卫抓住一个屋顶桁架，爬了上去。木板的情况非常糟糕，他站在横梁上，没费多大力气就在腐烂的屋顶上踢出一个洞。过了一会儿，两个人并排坐在屋顶上，凝视着荒芜的树林。一个人影也看不见。在右边很远的地方，他们还能听到断断续续的枪声和偶尔的喊叫声。大卫喊了一声，但没有回应，因为哭声太多了。现在火力减弱了，他不知道这究竟意味着人们是逃跑了，还是他们获胜了。

"我想我们得待在这儿，直到有人来。"大卫终于开口了。

警长没有回答，他着迷地盯着一块空地。它的整个表面似乎都在运动。漂流着的树枝和木片从几个中心渗出。大卫急忙环顾四周，发现许多地方都有同样的情况。

"肯定有几十个。"

警长点点头。"我们处在中间。"他补充说，"这一切都是因为怪物在到处闲逛。我从来没有想过这个问题。坚守你自己的星球，这是我经常说的。这个星球已经足够大了，但他们会停留在自己地盘吗？你发现他们并不是这样的，他们在空中乱飞，然后发生了什么？"他懊恼地停了下来，"他们先是在月球上坠毁，然后他们改进了机器，再次撞向太阳。除了造价太贵外，没有人介意他们这么做。但他们并不满足于此。不，他们必须去把金星上散发有害气体的杂草带回来，很快我们就得面对来自火星的蓝色瘟疫——天知道有多少人会因此而死——现在他们完全离开了这个系统，从南河三系带回来这个该死的东西——不管它来自哪里。真愚蠢，是不是？"

在他们目前的困境中，大卫倾向于忽视星际往来所积累的财富和便利，同意警长的看法。

"如果我们能看到那东西，我们也许能做点什么。"警长抱怨道。

大卫突然想到一个主意，他从屋顶上的洞里荡到了房间里。当他在堆积的垃圾中搜寻东西时，注意到门已经消失了四分之一。他突然发出一声满意的感叹，告诉警长他有了重大发现。

"那是什么？"

过了一会儿没有回应，最后他说：你从那儿能看见那扇门吗？"

警长发现，只要把身体拉伸到极限，就可以做到这一点。大卫的头和肩膀从门边的空窗框里露出来。他手里拿着一罐破旧的红油漆，把它倒了出来。它没有把地面染出颜色，而是把地上怪物的形状投射出来。它只是一个缩影，即便如此，也远比航拍照片显示的更清晰可见。

这个生物的主体是半球形的，平的一面靠在地上。圆弧的顶部光秃秃的，一半以上的地方很光滑，但其余的地方布满了生硬的突出物。每一段突出物的末端都有一张大嘴巴，不停地咬着，长满了锋利的牙齿。大卫的注意力集中在其中一个"头"上，他把它涂得很清楚。他注意到，如果有必要，它宽大的下颚可以像蛇一样向后张开。一想到胡拉坎号原始入侵者的体型，他就不寒而栗——即使是这个小标本，也绝对不是无害的。他现在能看见那两只大嘴是怎样从门上扯下一块块木头，把它们整个撕扯开来的，就像托比的腿被撕扯开来一样。这个生物虽然令人厌恶，但比起看到那些从它看不见的喉咙里漂出来的东西，它变得没那么令人不安了。大卫甚至感到有点振奋——现在至少可以和看得见的敌人作战。他把颜料洒向四面八方，以便发现是否有别的东西存在。只有另外一个物体出现在他的射程之内，露出来的部分表明它甚至比第一个还要小。尽管它的直径只有九英寸，许多嘴巴却毫不逊色地张开了。当他进一步探出身子时，一堆泥土从他头顶上哗啦作响。

"嗨！"警长有些激动地大喊道，"这里有一个该死的怪物。"

不再隐形

大卫爬回屋顶，油漆罐仍然在他的手中，这是他唯一的武器。警长目不转睛，指着靠近顶部中心的一个地方。屋顶的支架已经裸露出来了，一块木头升到了空中。他的罐子几乎空了，但他把最后几滴都泼到了那个地方。油漆足以显示出怪物那两三对正在撕咬着的大嘴。这个生物不仅和他们同在屋顶上，而且还在啃食着支柱。他把无用的油漆罐扔掉，环顾着四周。

紧靠着小屋的墙头，伸展着一些树枝，所以跳到树干上是很容易的事。大卫疑惑地看着警长。警长看到他的表情，咧嘴一笑。

警长说："以前我也做过一些跳跃训练，现在我仍然能跳那么远。"

警长带头走到尽头，跨上屋檐。他们要抓紧时间，因为一旦这家伙开始在主梁上发动攻势，整个屋顶很快就会坍塌。警长稳稳地站在屋檐的末端，一只手搭在大卫的肩膀上，稳住身子。他用力一跳，就跳上了树枝。

"很好。现在往上爬一点，我这就过去。"

大卫在起跳的时候，感觉到自己的右脚滑了一下，接着听到了警长的惊叫声。他绝望地抓住树枝，树枝在他的重压下断裂了，但有什么东西慢吞吞地阻止了他的滑落。他像一道闪电似的扑到一边，滚了个身，一瞬间，他听到他的外套被撕扯的声音。警长在他身后嘶哑地喊叫着。

大卫坐了起来，死里逃生后，他感到狂喜，抬头笑了笑。

"我掉在其中一个怪物的身上了。"他宣布道。

"你是怎么知道的？摔在它上面了？"

"是的，我太幸运了，它的上面没有长牙。它就在树下，而且——"

大卫突然停了下来，因为他注意到那个生物正在啃食树干。可以判断，它并不大，因为漂浮的木块还没有糖块大。但是这棵树肯定会被慢慢地吞食掉。

警长开始从树上爬下来，但被大卫叫停了。他扔下一根棍子，这个怪物疯狂地扑打着这根棍子。虽然没有看到明显的变化，木屑继续流动着，既不比之前慢，也不比之前快。大卫尽量让自己平静下来。按照目前的速度，这棵树要过一段时间才会倒下——如果食物没能让这生物生长的话。他灵机一动，把一根折断的树枝塞进了怪物的"嘴巴"中，这样就必须先把树枝咬断，然后才能继续把树干吞食掉。在他身后，小屋的屋顶轰然倒塌。

"太快了。"他看着上升的尘雾喃喃道。

"听着。"警长反对道，"我不能永远待在这里。"

"为什么不呢？那是最安全的地方。"

又一阵轰隆声使他不寒而栗。在不到四十英尺的地方，一棵大树倒了下来。他们两人都明白了，这里毕竟不是一个安全的地方。警长所在的位置被四周的树木包围着，许多树木已经露出深深的伤口。任何一个树朝他的方向倒下，都会把他砸倒，他匆忙地从树上爬下来。

"等一下。你不能从树干那里下来。"

大卫小心翼翼地用棍子试探着前面的路，在最矮的树枝下找了个地方。他朝四周推了推，确保地面确实像看上去的那样空无一物。

"这里安全了，你可以跳下来了。"警长顺利地跳落在他身边，"我们必须马上离开这个地方。最好的办法是——天啊，那是什么？"

这个问题根本没有答案。在一阵噼里啪啦的树枝断裂声后，他们身旁传来重击声。其中一只被困在更高的树枝上的怪物，已经成功地吃掉了自己的支撑物。

他们急忙后退。警长掏出一块手帕，擦了擦湿漉漉的额头。

"就像一场该死的噩梦。"他嘟囔着，并紧张地环顾四周和上方，"刚才那真是千钧一发。我完全不明白这是怎么回事。督察说这里只有一头怪物。"

"他有吗？不过，他错了。福布斯队长也是。德克是我们中唯一有头脑的人——他离开了。如果可以的话，这就是我们现在要做的。"

他们开始了一段缓慢的旅程。每一寸土地都必须用棍子进行测试，他们在面前挥舞着棍子，就像某种巨大昆虫的触角一样。他们常常焦虑地向上看，因为害怕另一个坠落的生物，或者害怕树木本身。这样持续了一个半小时，他们比以前更加紧张不安了。两人都扔掉了好几根被折断的棍子，到目前为止，他们还没有发现任何其他幸存者的迹象。警长停顿了一下，擦了擦额头。

"我们必须尽快离开这里。"警长说，口气充满不确定。

"我想现在它们越来越少了。"大卫说，"佢它们变大了。我们到这里的这段时间，它们一直长得很起劲。走吧。"

五分钟后，"啪"的一声，大卫的棍子断了大约十英寸。他向后退了几步。咬了这么一口，说明它是一个庞然大物，应该离它远远的。他们开始沿着一边探寻，但一无所获，然后又尝试从另一边继续。前面的路被一个看不见的半圆形的障碍物完全挡住了。唯一能做的事情就是沿着原来的路线绕过去。他们一致同意返回，开始用挥动的木棍沿着小路走。警长走在前面，他知道有几码路几乎是笔直的。因此，当他在正前方遇到一个障碍时，他更加惊讶了。他哼了一声，两边都试了试，都没有成功，两人面面相觑。"我们找到了一条进去的路，所以肯定有一条出去的路。"大卫绝望地说。

即使有，他们也都没能找到。他们周围的圆圈似乎是完整的。

"听！"警长说。

半个小时以来，他们一直被关在逐渐缩小的圈子里，两个人的大声呼叫没有产生任何效果。除了那些看不见的怪物，他们在这个世界上可能是孤独的。在寂静中，隐约传来一声明确无误的"喂？"两人都嗓音洪亮地做出回答。

"来了。"那声音回应道，"待在原地别动。"

别无他法，大卫只能大声告知对方加快速度。但又过了十五分钟，他们才看到声音的主人小心翼翼地向他们走来。

他个子矮小，戴着一副大眼镜，兴高采烈地吹着口哨。一只手在面前挥舞着一根长长的金属棒，在另一只胳膊下面，他抓着一捆细树枝，每根树枝顶端都有一个白色的把手。

"喂，你们怎么了？"年轻人问道。

"被包围了。"大卫简短地回答。陌生人漫不经心的神态使他大为恼火。

"有点不舒服？"陌生的年轻人说，"没关系。我们很快就会把你们弄出来的。"

他用他的杆子猛地一刺，直到碰到了噼啪作响的障碍物。他从包裹里抓起一根棍子，伸出有节的一端。它立刻就被折断了，他又向左右伸出其他的小木棍，让它们遭受同样的命运。

"你们是什么人？"年轻人问道。

警长如实回答了他。

"他们以为你完蛋了。"年轻人说着，指了指身后，"你们大多数人都是这么认为的。"

大卫的好奇心压倒了他对这个漠不关心的年轻人的不满。

"你在干什么？给他们下毒？"

"不，我们还没有找到适合它们的毒药。看！"他指着刚刚被吞下的白色把手，它已经变成了明亮的蓝色。

"亚甲基蓝包裹在可溶纸张里。"年轻人解释说，"纸被吞下去就可以看到它们了。我的老板是生物学家凯德南，他配制了几百个这样的药片。昨天有个叫德克·罗宾斯的人很害怕地来找他帮忙。凯德南发现，我们必须让那怪物先显现出来，然后才能采取其他行动。"

"德克太棒了。"大卫说。

年轻人点点头。"他比你们这些人更有见识。"他笨拙地说，"不幸的是，当我们到达这里的时候，一些傻瓜已经在这个畜生肚子里欢度国庆日了。"

随着液体溶解，蓝色的污渍越变越淡，迅速扩散到整个生物体内。他们现在不仅可以看到所期待的圆顶轮廓，而且可以直接看到它，就好像它是载玻片上的一个染色标本一样。可以清楚地看到众多的咽喉连接到它们共同的胃，血管系统也清晰可见。在每个"头"的根部，可以看到一种瓣膜有节奏地收缩和扩张。年轻人指着其中一个器官摇了摇头。

"这就是造成大部分麻烦的原因。"他解释道。

大卫和警长都没有心情听他说教。这东西有四英尺多高，挡住了他们通往自由的路，即使暴露原形也没有影响它的食欲。

"哦，没关系。"年轻人高兴地说。他从他的一捆棍子中抽出一把剑杆似的工具，小心而准确地刺穿那具有收缩性的器官。他一边工作，一边继续解释着，"一个非常有趣的器官，和一颗心脏没什么不同——这东西实际上只需要一个心脏，但它却有很多个。这是一种复合动物，当它被炸成碎片时，每一个有脉搏的部分都会变成一个独立的个体。它很快就会自我重建，开始独立生活。当其中两个紧紧地挤在一起时，它们又会合并——我想这就是你们被包围的原因。一个非常原始的形式，真的。就我们目前所知，杀死它们的唯一方法似乎是让它们每一个脉搏停止活动——只要还有一个跳动，它就可以自我重建。"

年轻人把自己身边够得着的头都砍完了，就把工具扔给大卫。工作了几分钟后，先前的危险怪物就变成了一团没有活力的蓝色果冻，他们可以跨过去。

"感谢上帝。"当他们安全到达位置时，大卫由衷感叹着。警长哼了一声，又擦了擦额头。

年轻人领着他们沿着来时的路走了回去。

"那最起初的生物呢？完全粉碎了吗？"大卫问。

"大部分是的，但现在又在积聚。不过我们可以处理它，现在我们可以看到它了。一开始连我都觉得有点恐怖。透明是一回事，隐形则完全是另一回事。"

他们终于来到一排排不规则的生物面前，这些生物被着色了。它们还在啃着树，但当它们被剥去隐形的外壳后，看起来几乎没有任何伤害性。远处有一群人正在用锋利的探针努力地处理这些怪物。年轻人向他们告别。

"一直往前走。"他指挥道，"那里已经清理干净了。如果您见到福布斯队长时，能转达我对他的看法的话，我会很感激的。"

"他是安全的吗？"

"当然。这种人任何时候都能全身而退的。"

他是对的。当他们到达一个似乎是指挥中心的小组时，队长也在其中。福布斯队长似乎在解释,他的袭击失败是因为两枚炸弹过早爆炸。德克离开了其他人，热情地跟他们打了个招呼。

"我们出去吧。"几分钟后德克说，"勇敢的队长现在有一个理论，用毒气杀死这些畜生会更快。或者在几英里之外，我们会更安全。"

隐形怪物的威胁就这样结束了。

完美生物

人的形态是按线条塑造的吗？这些线条能带来最大的效率吗？在我们看来，一个有四条胳膊三条腿的生物是畸形的，但是当生物学家们掌握了人工创造生命的秘密后，他们可能会发现用其他的模式来塑造他们的合成生物，效果会更好。作者是英国最优秀的科幻小说作家之一，而这个故事引人入胜，试图告诉我们，科学家对完美生物的想法可能违背了所谓美的正常标准。

协会日常

一个来自梅姆伯里村的代表团来到这里，问我是否愿意调查与梅姆伯里庄园有关的一些奇异事件，那时候我才了解到迪克森事件。

如果我现在解释一下他们为什么要向我提出这个要求，也许事情会更清楚一些。

就在那时，我碰巧担任 SSMA 的地区调查员一职，这个机构全称是"禁止虐待动物协会"。这不是一份让我感到骄傲的工作，我甚至不喜欢它。我从来都不是那种自称"动物爱好者"的人。我只喜欢一些动物，同时不喜欢另一些动物，就像我喜欢一些人，但肯定不是所有的人我都喜欢。

然而，这是一份工作，我没有资格挑三拣四。一个在协会里有点关系的朋友给我安排了这个职位，我尽我所能做好这份工作。妨碍我平静的日常工作的唯一障碍是我的搭档，他叫阿尔弗雷德·韦斯顿。

你要知道，禁止虐待动物协会的惯例是在每个地区任命两名调查员——或他们所说的巡视员。我不知道这是不是因为他们不信任他们的代理人，因而希望他们互相监督，还是因为如果事情诉诸法律，至少需要两个证人。我所知道的是，这种运作制度让我必须每天都和阿尔弗雷德待在一起。

阿尔弗雷德或许就是那种完美的动物爱好者。他个子不高，但身材很好，戴着一副大角框眼镜，非常认真，他还有一个习惯，就是喜欢和动物王国里的任何类人动物聊天，仿佛对方是一个有点精神错乱的好朋友。

除此之外，他还有显微镜一样的想象力。一句平常的投诉就能使他激动无比，这让我非常恼火。一个再普通不过的指控，在他心里都会被无限放大，以至于当我们发现（我们总是发现）那人只是喝醉了或脾气暴躁时，他明显感到失望。

他还满口都是"人面兽心"之类的套话，尽管我永远也搞不懂，他是怎么把这种说法和他认为任何一种野兽都不会做坏事的事实联系起来的，只因为野兽是愚蠢的。总之，你会发现他是一个非常难相处的人。

代表团来的时候，我们都在办公室里。这是一个比平时更加令人印象深刻的聚会，阿尔弗雷德的眼睛闪烁着，期待一些真正有价值的东西。显然，这件事比平常收到的举报要重要得多——以前大多数是愤怒的老太太，因为她们看到小男孩把罐头绑在猫尾巴上。

我请他们坐下，阿尔弗雷德直勾勾地盯着他们，越来越兴奋。

"好了，先生们。"我环顾着人群说，"我能为你们做些什么吗？"

开始时大家的交流似乎有些困难，他们面面相觑，无人发言。我向村民中最年长的一位问道："出什么麻烦了？这次是谁闹事了？"

"嗯。"他迟疑了一会儿，回答道，"是这样的。我们都清楚地看到它们在村里的街道上——就像我现在看到你一样清楚。这似乎不太对劲，没有什么生物是这样的。它们有些不自然，所以我们认为你应该调查一下。"

"当然，我相信。"我表示赞同，"但如果你能告诉我，你到底在说什么的话，我或许能做得更好。"

另一个人插了嘴："他说得很对，先生。我们都看见了。它们太可怕了。"他戏剧性地打了个寒战。

"是的，但是——"我仍然不能理解他们的意思。接着他们都立刻叽叽喳喳地说了起来。

人形乌龟

我们花了一些时间才把故事拼凑起来，大概弄清了事情的来龙去脉。阿尔弗雷德的眼睛在大圆眼镜后面闪闪发光，他比以往任何时候都要兴奋。不过，在我看来，这个代表团仿佛来自疯人院。

蒂姆·达雷尔的工作似乎和往常一样。每天早晨，等牛奶冷却后，他就会带着一车牛奶去火车站。

这天和其他日子没什么两样，直到他转过村头的拐角。他突然大喊一声，把整个村子的人都吸引到门口或窗户前。所有的妇女都向外望去，看到两个生物站在道路中间时，他们都尖叫起来。

很难去描述这些怪物，因为迷信的人倾向于把它们和魔鬼混为一谈。事实上，目前有两种思路：一个是找牧师驱魔，另一个是让禁止虐待动物协会的人出面进行调查。

我们最后得到的结论是：这些生物很像乌龟，但它们用两条腿直立行走，身高大约有五英尺到六英尺，背部和前面都有椭圆形的甲壳。它们的头和正常人的头一样大，但在明亮的黑眼睛下面，有一个犄角凸出来，就像它们的尖嘴一样。

这样的描述似乎已经够疯狂了，但最麻烦的特征还在后面——在这一点上，他们是一致的，尽管每个人的描述都不尽相同。

在连接前后甲壳的脊背上，伸出来一双人的手和胳膊。

我抑制住想笑的冲动，我很了解这些乡巴佬，他们总是一本正经。

"有人在耍你们玩。"我提议道，"他们扮成乌龟的模样来吓唬你们。"

有人大声反驳，每个人对我的结论都有很多反驳之词。没有哪个恶作剧的人会对着发射来的子弹坐以待毙，那个开体育用品店的老哈利戴朝它们开了几枪，但子弹都被反弹开了。

"后来发生了什么事？"我问。

"有那么一会儿。"其中一个做为代表的发言人说，"它们站在那里，好像很茫然。它们不介意子弹打到它们身上，一点也不。不过，它们似乎被我们这群人吓到了——比我们还要害怕。"

"然后，其中一个突然发出了一声短促的尖叫，它们就跑了。我们

48

跟了它们一段路。但长话短说，它们去了沼泽那边，最后沉到底下去了。"

"你的意思是沼泽是它们天然的家，还是说它们死在那儿了？"

"死了，我得说，先生，它们沉下去的时候，没有发出一点声音。"

这时我真的开始生气了。

"那么，你们究竟到这儿来干什么？如果这些生物都死了，在我看来，我能做的就是把这件事告诉警察，你们这些人要为这些可怜生物的死亡负责。警察不一定会相信有这样的东西存在。"

他们听完了显得很沮丧。过了一会儿——

"这是不对的，先生。"其中一个反对道，"我们发现了它们的来源，而且还不止这些。我们跟着它们的足迹到了迪克森先生的住处。比尔你过来，你告诉他你看到了什么。"

比尔意识到所有的目光都聚集在他身上，便爽快地吐了一口唾沫，不再沉默。

"是这样的，先生，大约六个月前，我在附近做生意——"

我暗自笑了笑。众所周知，比尔的生意主要是买卖别人的兔子。

"不知怎么，我发现自己到了迪克森先生的地盘。在新的厢房里——他们管它叫实验室——不管他买下庄园时新建的厢房是什么样子，但此刻窗帘之间透出一道缝隙。你知道的，关于这个地方有很多奇怪的传说，所以我想去看一看——"

"什么？"

"偷偷摸摸地看。"

"哦，好吧，你看到了什么？"

"我从侧面看不到太多东西——那是一个小裂缝，但我能看到后墙的一些情况，你猜那里有什么？"

"我怎么知道呢？继续说吧，伙计！"

"那里都是笼子，我只能看到一点点。那里还有又大又粗的钢筋。只是因为那盏灯不够亮，我看不清里面装的是什么。然后我低头看了看地板，看到了可怕的景象——太可怕了，我没骗人！"

比尔打了个寒战，我们等待着他那戏剧性的表演。他抬起头，扫视了一下人群。

"当我告诉他们的时候，这些人除了嘲笑我以外，什么也没有做。但现在他们也看到了一些现场景象，而且——"

"该死，老兄，你看到了什么？"我不耐烦地问。

"它没有真正的形状。它更像是一个白色的靠枕。它并不是匍匐前进，更像是渗出来的，但它的确有一双手从身体两侧伸出来！糟透了，就像一根巨大的、会移动的香肠。"

"老天！"我说，"这是什么，童话故事会吗？"

"我还以为你不会相信呢。"比尔总结道，"别人只有亲眼看到了才相信——这都是真的，一模一样！"

神奇理论

代表团快快不乐地离开了我们协会。这时，我注意到阿尔弗雷德激动得发抖。

"坐下吧。"我建议道，"难道你想把自己抖个稀巴烂？"

我等待着他那不可避免的长篇大论。那肯定比我们刚才听到的故事更令人难以置信。也许正是因为阿尔弗雷德的某个祖先，各种志怪传奇才被传播出来。

不过，这次他想先听听我对这件事的看法。他身上有一种气质，就像孩子一样，要把蛋糕上的樱桃留到最后。

"我觉得这事没那么复杂。"我说，"有两种可能。要么，真的有人在跟村子里的人开玩笑；要么，这只是想象出来的故事。我并不想诋毁他们，但你必须记住，他们中的大多数人一生中从未离开过村子，总的来说，他们没受过很好的教育。

"想象你自己处于这样的情景：如果你从未去过动物园或从未看过关于动物的图画书，那么你不会相信还有这么多其他的动物，而且，没办法用有限的词汇来描述它们。"

"是的，你说得没错，但他们对甲壳和手臂的看法都一致。这两个器官是完全不相容的。我看不出你怎么能把它们和任何活着的动物——或者已经灭绝的动物相提并论。"

我不得不暂时向阿尔弗雷德屈服。胳膊的存在确实是一个大谜题。胳膊又具有了另外一个特征——比尔声称在梅姆伯里山庄看到香肠似的奇怪形状的东西。

你要知道，我对自己的解释并不十分确定，但是，当你有一个像阿尔弗雷德这样的搭档，从他口中突然冒出某种理论时，你就必须做些样子。他给了几个很好的理由来说明我的理论是错误的，接着意味深长地停顿了一下。

他郑重其事，宣布道："我确信我们遇上了一件大事。这将真正唤醒人们的意识，让他们意识到在科学研究的外衣下所实施的不公正行为。你知道我们这里正在发生什么吗？"

"不，我不知道。"我回答，"你怎么看？"

非常具有戏剧性的是，他宣称："我们将要面对一个超级活体解剖学家。"

"别兜圈子了。"我建议道，"告诉我，你到底是什么意思？"

"我的意思是，我们面对的这个人正在试图改变动物形态，直到这些动物不再是它们原来的样子。"他神情严肃地回答道。

这时我才开始明白，这才是一个真正的阿尔弗雷德理论。他把想象力发挥得淋漓尽致，尽管后来的事情证明这一次他的想象力还不够强大，但此时我还是笑出了声。

"我明白你的意思。"我说，"我也读过威尔斯的《莫罗博士岛》。你希望走进一个山庄，迎接你的是一匹马，它一边用后腿走路，一边和你谈论天气，或者说，你希望有一只超级狗为你开门，然后请教你的大名？

"这个想法激动人心，阿尔弗雷德，但我要提醒你，这是真实的生活。你肯定不愿意走进一个房子，里面散发着乙醚恶臭，还充满动物被折磨而发出的惨叫声。现实点吧，老伙计。"

然而，阿尔弗雷德可不会这么轻易放弃。他的幻想占据了他生活的很大一部分，他是不会一下子就被说服的。我提到威尔斯的著作，这让他很生气，因为很明显，那是他思想的源泉，但他不会放弃。相反，他的各种想法继续在脑子里翻来覆去，这样可以在细枝末节上加一些修饰。

"不知道为什么是乌龟？"我听到他自言自语，我也同意，拿哺乳动物做实验似乎更合理。

他沉默了一会儿，然后突然问道："胳膊？它的胳膊到底是从哪儿来的？"

"闭嘴！你变得越来越烦了！"我咆哮道。

教授声明

阿尔弗雷德和我来到了梅姆伯里山庄的小屋，向那个凶狠且形迹可疑的看门人通报了我们的姓名和来意。他摇了摇头，表示我们靠近这所房子的可能性不大，然后拿起了电话。

我倒希望他那令人沮丧的态度能得到证实。毕竟我们到这里来，完全是阿尔弗雷德的主意，而我为向他妥协感到有点愚蠢。

在代表团拜访后的第二天早上，他的情况比以往任何时候都要糟。似乎整个晚上，所有可怕的噩梦都在他的睡梦中飞驰。爱伦·坡和左拉的幻想与阿尔弗雷德层出不穷的奇思妙想相比，简直不值一提。

他满脑子都是"拿刀的恶魔"对我们哑巴朋友"肆意折磨"，以及"无数颤抖的受害者升入天堂的战栗呐喊"，这些都是难以理喻的想法。如果我允许他独自前去，他肯定以故意伤害罪和残害身体罪开场，如果不被人打破头骨并且还能跑回来，那真的是万幸。

不过，现在我们之间达成了协议，由我把握节奏，阿尔弗雷德如果不满意，可以之后再来。

看门人带着惊讶的表情从电话旁转过身来。

"他说他愿意会见你们。"他似乎不确定自己是否听对了，"你会在新楼找到他的，先生。就是红砖墙的那个建筑。"

事实证明，比尔窥探新楼所看到的空间比我预想的要大得多。它几乎和原来的梅姆伯里山庄一样大，虽然只有一层楼高。

当我们走近时，尽头的一扇门打开了，一个身材高大、衣着宽松、胡子凌乱的人叫我们进去。

"天啊！"我一看见他的脸就惊呼起来，"原来这就是为什么我们这么容易就进来了。没想到在这儿能遇到你呢！"

"说到这里，"那人回答道，"身为一个聪明人，你的表现似乎令人惊讶。"

"阿尔弗雷德·韦斯顿，"我突然想起了我的同伴，"我想把你介绍给迪克森教授。我上学的时候，他为了教会我生物学，白白浪费了很多时间。"

阿尔弗雷德显得有些怀疑。显然，一切都不对劲，我们到了这里，一开始就和敌人打好交道！

他勉强点了点头。

"进来坐吧。"教授建议道，"然后我们可以谈谈你们所说的对我的指控。"

"我认为你是对的，先生。"我边说边坐到了一张休闲椅上，"我们最好在庆祝重逢之前把正事搞定。我的朋友阿尔弗雷德情绪激动得像苏打水一样。我们在收到这条线索的第一时间，就来拜访你了。"

当我们讲到那些像乌龟一样的生物时，教授松了一口气。

"哦，原来这就是它们的遭遇！"

"啊！"阿尔弗雷德喊道，他的声音激动得吱吱作响，"这么说你承认了！你承认你要对那两个不幸的家伙负责。"

迪克森惊奇地看着他。

"当然，不过我得承认，我并不知道它们不高兴。"

"这正是我们想要的！"阿尔弗雷德尖声说，"他承认了，他——"

"哦，闭嘴，伙计！"我抗议道，"让我们继续听下去吧。"

我继续说了几句，然后阿尔弗雷德又想起了别的事情。

"你从哪儿弄来的胳膊？"阿尔弗雷德带着质问的语气问道。

"你的朋友似乎有点一惊一乍。"迪克森教授抱怨道，还带着一丝戏谑口吻。

"听着，阿尔弗雷德。"我说，"别表现得像在看一部廉价的惊悚片，让我们把故事听完。"

当这一切结束后，我觉得我们的拜访需要一个道歉。

"很抱歉，教授，这样打扰您，但您知道我们的处境。我们的工作是调查任何我们了解到的虐待动物的案件，虽然这不是严格意义上的虐待动物，但我的朋友确信这件事应该被调查。"

"现在，阿尔弗雷德。"我转身补充道，"我相信你有问题要问，但请记住这位先生是迪克森教授，而不是莫罗博士。"

阿尔弗雷德不理会我的玩笑，单刀直入。

"我想知道的是，"他喊道，"这些违背自然的暴行的意义、原因和方法。我要求你告诉我，有什么权利把快乐的生物变成非自然的可笑的畸形状态。"

迪克森教授轻轻地点了点头。

"这是一个很全面的调查。"他承认，"尽管我对'自然'这个词的反复出现感到遗憾，并想指出'非自然'这个词没有意义。显然，如果有人做了什么事，那是某些人的天性使然。人不能违背自然，这是一个公理。然而，我想我明白你的意思，大自然是否允许我来修改它的原材料。我说得对吗？"

"你当然可以这么说。"阿尔弗雷德说，"但我管它叫活体解剖——活体解剖！我想知道的是，你能给我们一个解释吗？还是我们马上去警察局？"

"我认为警察不会把你当回事，最后反而可能惹上麻烦。这件事很快就会成为公共事件，所以我才会告诉你我有这样的猜想。我认为我以前的学生从我的课上已经吸收了足够的知识，至少让他能够部分地去理解这些。在我的回答让你满意之后，我会恳求你保持安静，直到我的实验完成。"

迪克森教授停顿了一会儿，接着说："我没有像你想象的那样嫁接、调整或扭曲生命形态。我塑造了它们。"

起初，我们谁也不太明白这句话的意义，尽管阿尔弗雷德认为他理解了。

"哈！你尽管狡辩。"他说，"但这一切都有基础。你一定是在一个活的生物上进行实验，而且你邪恶地肢解了它。"

"你错了。我的意思是我已经弄明白了生命是什么。"

我们目瞪口呆。然后我问："你的意思是你能创造生命吗？"

"在雌性的帮助下，任何人都能做到这一点。我的意思是，我已经找到了生命的力量来源。我可以激活生命。"

"我不相信。"阿尔弗雷德喊道，"你说，在这个村子里，你已经解开了生命的奥秘！你只是想愚弄我们，因为你害怕我们搜查时可能会发现什么。"

迪克森平静地笑着。

"我承认这很难让人信服，但是，我为什么不能在这里找到呢？肯定有人会在某个地方找到它。真正令人惊讶的是，它之前没有被发现。"

阿尔弗雷德是无法被说服的。

"我要你证明这荒谬的说法。"他已经把一切尊严抛之脑后了。

"这很容易。"教授回答道，"如果你检查我的标本，你会发现它们的许多部件只是合成的，虽然它们看起来很相近。你似乎很担心手臂的问题，如果仔细观察它们，你会发现手上并没有螺纹，或是说其他指纹——因为根本不值得做这些手脚。

"如果我能在一个人死后立即拿到他的手臂——也就是说，在腐烂之前——那么我可能就会使用真正的手臂了。不幸的是，这种东西不那么容易获取到。但是构造零件的机制并不难，仅仅需要将聪明才智、化学反应和常识混合在一起。事实上，这样的发明已经出现一段时间了，但是，如果没有生命的力量，任何的实验都将毫无意义。

"我注意到，我们的朋友韦斯顿先生仍然不相信我。我向您保证，先生，我的标本没有受到任何不友善的对待。相反，我几乎可以用'娇生惯养'来形容它们，因为它们花费了我大量的金钱和人力。即使你认为它们不太愉快，你也会发现，要起诉虐待这些动物有点困难，因为没有人知道这些动物的自然习性。"

"最好的解释是亲眼所见。"阿尔弗雷德说道，声音中带着一丝讥讽。这个可怜的家伙被他的理论即将失效弄得心烦意乱，以至于他还没有意识到教授理论的真正重要性。

"跟我来吧。"迪克森说。

作品展示

比尔的偷窥故事让我们对实验室里的钢筋牢房有所心理准备，但我们对许多其他东西却没有预期，其中之一就是气味。

"对不起。"教授说道。他站在那里，看着我们俩喘不过气来，"我忘了提醒你们了。这是防腐剂的味道，我已经习惯了。"

"我很高兴它们能保存下来。"我断断续续地说道，"这真是让人放心。"

这个房间大概有一百英尺长，三十英尺高。比尔自然是不能透过窗帘的缝隙看到什么有价值的东西。我惊讶地盯着聚集在那里的大量仪器。

整个地方被分成了几个部分。一个角落是设备齐全的化学系统，另一个角落是迷宫般的电气设备，还有一个角落，那里有一张手术台和几箱仪器。我注意到阿尔弗雷德睁大了眼睛，脸上洋溢着胜利的微笑。在另一个角落里，到处都是石膏模具和铸件，给人一种雕像工作室的感觉。远处有一些小电炉，在它们附近有一些工具和机器，其用途对我来说是一个谜。

"看来如果要完成完整的科学研究，你唯一缺少的就是一台超级天文望远镜。"我打趣地说道。

迪克森教授看起来很高兴。"是的，这是一个很好的配置，是不是？"他说，"哎哟，你的朋友走开了！"

阿尔弗雷德围着手术台转了一圈又一圈，仔细观察手术台的周围和下面，大概是希望能找到血迹之类的可怕痕迹。

我们跟在他后面。

"这就是其中的一只胳膊，它曾激起过你可怕的想象。看看这个。"迪克森边说边打开一个抽屉，从里面拿出一件东西，把它放在我们面前的桌子上。

这东西确实很像人的手臂。但正如他所说的，手掌很光滑，除了普通的毛孔外，没有任何人类的痕迹。那东西在肘部到肩膀之间的地方被剪断了。

"那是什么？"阿尔弗雷德指着一块突出的金属问道。

"不锈钢。"迪克森回答，"它比骨头要省事，制作起来也快得多，虽然它更重一些。"

"你总是用它吗？"我问。

"只是一些粗略的实验。我以后可能会放弃它。"

阿尔弗雷德又担忧起来了。那只手臂没有任何活体解剖的痕迹。

"为什么是胳膊呢？"他问道，"为什么会这样？"他一挥手，示意整个实验室是怎么回事。

"按顺序回答你们的问题。一只手臂，或者更确切地说，一只手，因为它是有史以来最有用的工具。如果没有那对大拇指，人类永远不会达到现在的高度。

"我之所以做了你所说的'某件事'，是因为我希望创造一个完美的生物，或者是一个人有限的头脑所能想象到的最完美的生物。那些乌龟一样的生物只是其中的一步。我只给了它们充足的大脑来生存，还没有给予它们建设性的思维。"

"你打算给你的完美生物一个和人一样的大脑吗？"我问。

"我已经给了它一个比人的大脑还要强大的大脑。"迪克森纠正道。

"但我认为人类的大脑已经有无限的容量了。"

"为什么要这样呢？如果是这样的话，我根本不需要这么大的规模了。为什么要把无限装在一个有限的容器里？不，我的生物有一个更大的大脑：它比人类学得更快，它能收集更多的知识。"

"我们能看看它吗？"

迪克森叹了口气。

"很快就可以了。"迪克森遗憾地说，"我本想一步一步地告诉你所有的工作，但每个人都想直接看到最后的结果。不过，我可以给你们一点线索，以消除你朋友对我的怀疑，据我观察，他的怀疑还在继续。你们介意到这里来吗？"

迪克森从手术器械箱旁边的一个保存柜里取出一团不成形的白色东西。他小心翼翼地把它放在手术台上，然后把整个机器推到房间那边的电器设备那里。从那个苍白下垂的物体下面，我注意到一只手伸出来。

"天啊！"我说，"这就是比尔说的'用手支撑'！"

"是的，那个密探并没有完全说错，不过我想他那乡巴佬的幻想夸大了它的尺寸和可怕程度。事实上，这个小家伙对我来说是最有用的。它包含了消化系统、神经系统、血管系统和呼吸系统的所有重要部分。事实上，它可以生存，但不受限制。当我构造了一种附属物时，我就把它安装上去，看看能否正常工作。可以说，它是我的测试马达。"

迪克森忙于处理电气连接。

"韦斯顿先生，"迪克森说，"我希望你以任何你觉得合适的方式检查我的标本，只要不要伤害到它，你便会相信它是没有生命的。"

阿尔弗雷德走到那堆白色的东西面前，一脸厌恶，紧张地戳了戳它。

"所以生命的基础是电？"我问迪克森。

迪克森笑了笑，把一些混合物量好，然后倒进烧杯里。

"也许吧。然后，它可能是化学的。当我在手术台上创造这个生物时，你会注意到我同时使用了化学药品和电力。可能两者都有作用，也可能是其中之一起了作用。你不会以为我会把我所有的秘密都告诉你吧？"

"我很抱歉。"我感到不好意思，"但你不能责怪我对这件事感到好奇。"

"现在，你满意了吗，韦斯顿先生？"迪克森突然问道，"一定要弄清楚。我不希望别人指责我对你施了魔法。"

"好了。"阿尔弗雷德说。

迪克森教授把电极固定在白色物质上。然后，他仔细地在它的表面选择了一个点，把含有淡蓝色液体的皮下注射器的针扎了进去。接着，他用雾化器把整个模型喷了一遍，最后连续快速地关上四五个开关。

"现在，"他笑着说，"我们等五分钟，在此期间，你或许会好奇我的哪些行为是关键的，或者有多少行为是关键的。"

慢慢地，松弛的物质开始跳动。平缓而有节奏的波浪似乎在它的长度上上下传递。渐渐地，它滚向一边，露出了另一只手。我看到它的手指绷紧了，试图抓住光滑的桌子表面。

我含糊地叫了一声。不知何故，直到这一刻，我才意识到我即将看到的一切是多么奇妙。潜意识里，我的头脑拒绝相信这是真实的。现在，这东西的潜能充斥着我的脑海。

我抓住迪克森的胳膊，兴奋地摇晃着他。

"伙计。"我喊道，"太神奇了！太不可思议了！你已经解开了历史之谜。你已经征服了死亡！"

迪克森摇了摇头。

"你想多了，这不是一回事。大多数死亡都是因为精疲力竭或身体虚弱。但是，在某种程度上，我已经解开了这个如此简单的巨大谜团。"

我知道那一刻我看到了进化的种子，人类有史以来最伟大的发现。那个傻瓜阿尔弗雷德一直在到处乱戳，就好像这东西是马戏团的表演一样，他要确保没有人用绳子之类的东西在摆弄它。

当几百伏特的电流从阿尔弗雷德手指间穿过时，他真是自作自受。

代号"一号"

"现在，我们想看看你说的这个'完美的生物'。"阿尔弗雷德开口说话，这会他终于满意了，而且没有人强迫他。

"你会的。"迪克森答应道，"顺便说一下，我管它叫一号。当然，它是第一个这样的生物，我不知道叫什么名字适合它。"

他领着我们到最后一个且是最大的笼子前，叫笼子里的"人"走上前。

我不知道自己期望看到什么，也不知道阿尔弗雷德怎么想的。但当我们看到那个东西笨拙地走到牢房前的灯光下时，我们谁也没勇气说一句话。

这个"完美生物"是我在梦中或生活中见过的最可怕的怪物！

如果可以的话，想象一下，一个尖尖的圆锥形甲壳，六英尺高，靠在三个短圆柱支架上。四条胳膊，古怪地模仿着人的肢体，从关节处伸出来，在离顶端约十二英寸的地方，两只复眼从突出的眼皮底下望着我们。看着它真是太可怕了，我几乎要疯了。

"有人来拜访你，一号。"迪克森说。

"他们和你一样无能，而且毫无意义。"一个低沉而洪亮的声音说道。

"天啊！"阿尔弗雷德说，"这个可怕的东西会说话。"

"你说我吗？"那个声音威胁地问道，虽然阿尔弗雷德说话的声音和他的耳语比大不了多少。

"安静。"迪克森教授说。

"一号。"他转向我们，补充说，"它脾气不好，得罪它是没有好处的。如果你们愿意听的话，我可以解释它为什么长成这样。"

迪克森的声音里悄悄流露出一种说教的意味。

"当我决定创造一号时，我下定决心要消除或改变所有那些在我看来是人身上错误的或软弱的特点。他是逻辑的产物。"

"好吧，我真该死。"我说，我当时的感觉就是这样。

阿尔弗雷德只是盯着那个怪物看了一会儿。然后，他的脸失去了最初的惊讶，出现了他认为适合所有弱小生物的那种同情的表情。

"我不认为。"阿尔弗雷德反对说，"这么大的动物不应该被关在这么小的空间里。"

怪物其中一只复眼转向他。

"住嘴，你这个可笑的小人！"那个响亮的声音说，语气中轻蔑地强调了"人"这个词。

阿尔弗雷德受挫了。到最后，他都不能完全理解，在这个怪物里有一个比他更大的大脑。

迪克森教授开始解释。

"当然，你会发现一号没有所谓的脑袋。这是首先要改变的事情之一。头部太容易暴露了，只是为了承载眼睛而已，眼睛必须高，靠近大脑。

"这种距离是习惯，但不是必要的。我给了它三只眼睛，你现在可以看到两只，还有一只在背后，虽然准确地说它并没有背。这样，它就可以向四面八方看，而不需要复杂的转头装置。

"这种形状可以保证，任何下落的物体都会被眼睛捕捉到，但我认为脑袋最好的位置是放在肚子里，这样就会更加安全，免受外界的冲击。肚子应该位于尽可能高的位置，以便更好地安排内脏。

"我承认，四个胳膊的设定给人一种愚蠢笨拙的印象，但就像我说的，手是完美的工具——如果大小合适的话。因此，你会看到，一号的上肢打造得非常精致，而下肢则是强劲有力的。

"它的呼吸可能会引起你的兴趣。这是一个直通式的设计。也就是说，它从一个端口吸气，从肺的另一端呼气。我总觉得，人的呼吸系统是最没有效率的，就像海星用同一个孔进食和排泄一样原始。

"它的锥形甲壳为它提供了几乎全方位的保护，并且非常坚硬，可以将步枪的子弹弹出去，但是它非常重。这种生物的总重量在六百到七百磅之间。这一事实促使我按照大象的腿和脚的模式来设计，从而尽可能地分散重量。

"它有三条腿，因为很明显，任何形式的两足动物，仅仅是为了保持平衡，就有意无意地浪费了大量的肌肉能量。三脚架是一种有效的支撑，适用于任何类型的地面。你还有什么疑惑吗？"

"还有一个问题。"我问，"它会跳舞吗？"

怪物终结

幸运的是，迪克森太专注了，没有听到我的话，阿尔弗雷德选择了这个时刻来转移注意力。

"我只明白一件事。"阿尔弗雷德说，"那就是你太疯狂了。我不知道你做了什么才得到这个——这个生物，但我很清楚，没有一个正常人会拥有这样的东西。"

阿尔弗雷德转向我。

"听着！会有一个理智的人，在做出有史以来最伟大的发明后，会选择把这个发明当作玩物吗？搞得一团糟——是的，一团糟，就是这样，就像一个孩子把黏土模型弄得一团糟。"

我开始佩服阿尔弗雷德。他说得很有道理。我被这个发明吓呆了，失去了判断的本能。

"这个男人精神错乱，无可救药。在他身边很不安全，谁也不知道他接下来会做什么！"阿尔弗雷德继续说，"我们能做的最好的事情就是通知警方，把这个怪物消灭掉。"

牢房里传来一声愤怒的喊叫，这喊叫也突然提醒了阿尔弗雷德，怪物和疯子都在听他说话呢。愤怒驱使阿尔弗雷德在他们面前说了很多本不应该说的话。

然而，教授的脸上并没有愤怒的表情。他微笑着站在那里，手放在开关上。

"那么韦斯顿先生想让我获得官方的许可，是吗？你们这些可怜的傻瓜！你以为你们能从这里出去吗？"

他停顿了一下，然后用平淡的语气补充说："你知道吗，我想我没有告诉过你，一号是食肉动物，不介意吃生的食物。"

他说完最后一个字，按下了开关。牢房的门"咔嗒"一声打开了，怪物踉踉跄跄地走了出来。

说时迟那时快，阿尔弗雷德像杂技演员一样敏捷，从最近的窗户跳了出去，玻璃和窗框碎了一地。那怪物紧追了上去，用它的冲击力摧毁了窗台和下面的砖墙。

他们在路上跑了一半后,我才从惊讶中清醒过来。幸好小门半开着,阿尔弗雷德从这里溜了出去。看门人及时出现,目睹了大门被追赶者夷为平地的场景,他被吓得魂不附体。两个人和怪物飞快转过拐角后,就不见了。

迪克森教授的外套和胡子一起在风中飞舞,他紧紧跟随追逐着的"一号"和阿尔弗雷德,教授跟着跟着也不见了踪影。我用尽全力跟在后面,然而跑步并不是我的长项。

怪物硕大的躯体走过的痕迹清晰可见。不久我听到了阿尔弗雷德叫我名字的声音。绕过树篱的尽头,我看见他在平静的水面上,向我游来。除此之外,没有任何其他反常迹象。

他爬上岸,气喘吁吁地向我慢慢走来。

"一号和教授在哪儿?"我上气不接下气地问。

他指着那条河。

"他们俩?"

"对。"他点点头,"迪克森及时赶到,看到他的恐怖宠物消失了,他也跟着进去了,还没有上来呢。"

"那你呢?"

"哦,我只是游出去了一点。我猜想,如果这畜牲一辈子都被关在笼子里,当它看到水的时候,它不会知道水的威力有多大,也不知道在它的重量下，泥浆能起什么作用。"

"感谢上帝，它完蛋了。"我喘着气说，"抽根烟吧，伙计？"

"谢谢。"阿尔弗雷德说完松了一口气。

他点燃了烟，吸了一口。我们休息了一会儿，阿尔弗雷德脸上慢慢浮现出严肃的表情。

"我说！"

"什么？"

"我想他应该不会让那该死的怪物长出鳃来吧，是不是？"

生存

在被困的宇宙飞船上，八名男性和一名女性为了生存下去展开竞争，究竟谁是最后的胜者？

一

太空港的巴士缓缓驶过一英里多的空地，这片空地将候机楼与登船升降机隔开，费尔瑟姆太太目不转睛地盯着前方。这艘船矗立在平原上，如同一座孤独的银色尖塔。在船头附近，可以看到强烈的蓝光，表明它已经做好了起飞的准备。在巨大的尾翼中间和周围，矮小的车辆和豆粒大小的人们正在匆忙地做最后的准备。费尔瑟姆太太瞪着眼睛，看着眼前的景象，此时此刻，她怀着一种无可救药的强烈仇恨，厌恶这一幕以及一切人类的发明。

不一会儿，她把目光从远处移开，集中到她女婿的后脑勺上。女婿就在她前面一码远的地方。她也痛恨着这个男人。

她转过身，朝坐在自己旁边座位上的女儿爱丽丝瞥了一眼。爱丽丝脸色苍白，双唇紧闭，眼睛直勾勾地盯着前方。

费尔瑟姆太太犹豫了。她的目光又回到飞船上，决定做最后一次努力。借着公共汽车的噪音，她说：“爱丽丝，亲爱的，现在还不晚，你知道的。”

女孩没有看她。没有任何迹象表明她听到了母亲的话，只是她的嘴唇抿得更紧了一些。

“妈妈，求你了！”她说道。

可是费尔瑟姆太太一开口就停不下来。

“这是为了你好，亲爱的。你要做的事情就是说你改变主意了。”

女孩继续用沉默表示抗议。

“没人会怪你的。”费尔瑟姆太太继续说，“他们不会觉得你有什么不好的。毕竟，每个人都知道火星不适合——”

“妈妈，请不要再说了吧。”女孩打断了她的话。她尖刻的语气使费尔瑟姆太太吓了一跳。母亲犹豫了一下，但是时间越来越少，她不能容忍自己的尊严受到冒犯，于是接着说：

"亲爱的，你不会习惯在那儿的那种生活。绝对的原始社会，没有女人过得惯那种生活。亲爱的，对大卫来说，这只是一个五年的任期。我敢肯定，如果他真的爱你，他宁愿你在这里平平安安地等待——"

爱丽丝严厉地说："妈妈，你说的这一切，我们都已经讨论过了。我告诉过你了，我已经不是小孩子了。我已经想好了，而且下定决心。"

费尔瑟姆太太沉默地坐了一会儿。公共汽车摇晃着穿过田野，火箭飞船似乎升得更高了。

"如果你有了自己的孩子——"她自言自语，"我希望有一天你会有的。那时候，你就会明白了。"

"我想是你不太明白。"爱丽丝说，"不管怎样，这已经够难的了。你这样只会让我更难过。"

"亲爱的，我爱你。我生下了你，我一直守护着你，我了解你。我知道这不是你该过的生活。如果你是那种勇敢、顽皮的女孩，可能会好一些，但你不是。亲爱的，你清楚自己不是那种女孩。"

"也许你并不像你想象的那样了解我，妈妈。"

费尔瑟姆太太摇了摇头。她把目光移开，妒忌地盯着女婿的后脑勺。

"他把你从我身边带走了。"费尔瑟姆太太没精打采地说。

"不是那样的，妈妈。嗯，我不再是孩子了。我是一个有自己生活的女人了。"

"你往哪里去，我也要往哪里去……"费尔瑟姆太太若有所思地说，"但你知道，现在这种说法并不成立。对游牧部落来说还好，但现在士兵、水手、飞行员、宇航员的妻子——"

"妈妈，你不明白。我必须长大变得成熟，做真正的自己。"

汽车在那艘大船旁边停了下来，在大船的衬托下它显得像一个迷你的玩具。那艘船似乎太大了，升起来非常费力。乘客们下了车，站在那里，沿着闪闪发光的一面向上凝视着。费尔瑟姆先生搂着女儿。爱丽丝紧紧抓住他，眼里含着泪水。他用颤抖的声音喃喃地说：

"再见，亲爱的。祝你在那里一切都好。"

他放开了她，和女婿握了握手："保护她的安全，大卫。她是最重要的——"

"我知道，我会的，别担心。"

费尔瑟姆太太吻了吻女儿，然后勉强和女婿握了握手。

升降机里传来一个声音："所有乘客请上船！"

升降机的门关上了。费尔瑟姆先生避开妻子的目光，搂着她的腰，默默地领着她回到公共汽车旁。

当他们和其他十几辆车一起返回候机楼时，费尔瑟姆太太不时用一条白手帕擦拭眼睛，回头看了看那艘高高矗立着的飞船，一动不动，显然已经要发射了。她的手滑到丈夫的手里。

"到现在我都不敢相信。"她说，"这完全不像她。你有没有想过我们的小爱丽丝……天啊，她为什么要嫁给他？"她小声啜泣着，最后呜咽起来。

丈夫握着她的手，没有说话。

"对某些女孩子来说，这并不奇怪。"她接着说，"但爱丽丝总是那么安静。我以前很担心她，因为她太安静了——我的意思是怕她变成那种胆小无聊的人。你还记得其他孩子以前叫她胆小鬼吗？

"现在却变成这样！要在那个可怕的地方待五年！哦，她会受不了的，亨利。我知道她不会，她不是那种人。你为什么不坚定立场，亨利？他们会听你的，你本可以阻止她的。"

她的丈夫叹了口气，说道："米莉娅，有时候你可以给别人出主意，虽然这个现在不流行了，但你千万不能替别人过他们的生活。爱丽丝现在是个女人了，她有自己的权利。我有什么资格决定什么才是对她最好的？"

"但你本来可以阻止她的。"

"也许吧——但我不在乎代价。"

她沉默了几秒钟，然后她的手指紧紧抓住他的手。

"亨利——亨利，我想我们再也见不到他们了。我能感觉到。"

"别这样，亲爱的。他们会安然无恙地回来的，你等着瞧吧。"

"你不会真这么想吧，亨利。你只是想让我高兴起来。哦，为什么，为什么她一定要去那个可怕的地方？她太年轻了。她完全可以等上五年。她为什么这么顽固，这么固执，一点也不像我的小宝贝？"

她的丈夫拍了拍她的手，让她放心。

"你不能再把她当成孩子了，米莉娅。她已经长大了，她现在是一个女人了，如果所有女人都是胆小鬼，那我们未来的生活将会很糟糕。"

二

猎鹰号的导航员走到他的船长面前。

"有偏差，先生。"

温特斯船长接过导航员递给他的那张记录纸。

"1.365度。"他念着，"嗯，没那么糟糕。又是东南区。考虑到这一点，还不错。卡特先生，我想知道，为什么几乎所有的偏差都发生在东南方向？"

"也许我们在这里多待一会儿，就能找出原因了，先生。现在，这只是其中的一件事。"

"奇怪，都一样。好吧，我们最好在偏差变大之前纠正它。"

船长松开面前的折叠书架，拿出了一套表格。他查询了一些数据，然后迅速记下了结果。

"核对一下，卡特先生。"

导航员将这些数字与表格进行了比较，完成了确认。

"很好。它怎么样了？"船长问。

"差不多是舷侧，非常缓慢地翻滚，先生。"

"你可以处理好的。我盯着它，让它平行并稳定下来。右舷倾斜十秒，速度为两级。它大概需要三十分二十秒才能翻过去，但我们会盯住的。那就大约在两级力的情况下与左舷侧舷平衡。没事吧？"

"很好，先生。"导航员坐在驾驶椅上，系好安全带。他仔细检查了钥匙和开关。

"我最好警告他们，接下来可能会有一点颠簸。"船长说道。他打开了呼叫系统，把麦克风支架拉到面前。

"所有成员请注意！所有成员请注意！我们即将改变航向。接下来飞船会有几次颠簸，但不会太剧烈，请妥善保管好您的所有易碎物品，并建议您坐好并系牢安全带。运行大约需要半个小时，将在五分钟后开始。完成后我将通知大家。播报完毕。"船长关掉了麦克风。

"如果你不明确告知他们，有些傻瓜总会以为船被流星撞了个洞。"船长补充说，"这很可能让那个女人歇斯底里，显然这没有任何好处。"船长懒洋洋地说着，"我真不知道，她明白自己在做什么吗？像这样安静的人，应该坐在某个村屋子里织毛衣。"

"她可以在这里织毛衣呢。"导航员说。

"我知道——想想这意味着什么！那种人去火星意味着什么？她会想家想得要命，讨厌眼前的每一寸地方。她的丈夫应该更有理智。这简直是一种无知的残忍。"

"这也许不是他的错，先生。我的意思是，有些沉默的人可能非常固执。"

船长满脸狐疑地打量着他的同事。

"好吧，我不是一个经验丰富的人，但我知道如果我妻子想一起来的话，我会对她说什么。"

"但是你不能和那些沉默的人进行争论，先生。他们仿佛非常具有包容性，最后还是我行我素。"

"卡特先生，我不理解你这句话前半部分的含义，但就我对女人的了解，你能不能告诉我，如果不是他把她拖来的，她为什么会在这里？火星并不是度假胜地。"

"好吧，先生——她给我的印象是非常忠诚的那种人。这种人通常犹豫不决，但一旦找到正确的方法，她就会非常坚定。这有点像——你听说过吗，母羊为了保护幼崽也会勇敢地面对狮子，不是吗？"

"对于你这个比喻。"船长说，"我回答是：首先，我一直对此表示

79

怀疑：其次，她和勇猛一点关系都没有。"

"我只是想说明这类女人的特点，先生。"

船长用食指挠了挠脸颊。

"你可能是对的，但我知道，如果我要带妻子去火星，上帝也不会允许我这样做的。我会觉得一个强硬的、拿着枪的妈妈是更好的选择。他是做什么工作的？"

"我记得他是一家矿业公司的办公室经理吧。"

"办公人员，是吗？也许会有办法解决的。但我还是认为这个可怜的小东西应该待在自己的厨房里。她会有一半的时间被吓得要死，剩下的时间都在怀念家里的舒适。"船长瞥了一眼钟表，"他们现在有足够的时间把东西封好了。让我们忙起来吧。"

船长系好安全带，把屏幕转到前面的枢轴上，一边转动，一边打开屏幕，他靠在椅背上，看着星星在屏幕上缓缓移动。

"都准备好了吗，卡特先生？"

导航员打开燃料控制线，把右手放在按键上方。

"都准备好了，先生。"

"好的，把它拉直。"

导航员把注意力集中在他面前的指针上。他试着用手指轻敲键盘。什么也没有发生。他的眉间蒙上了一层阴云。他又敲了敲。还是没有反应。

"继续吧，伙计。"船长不耐烦地说。

导航员决定尝试把它扭向另一边。他用左手敲了敲其中一个按键。这一次，机器立即有了反应。整艘船浑身颤抖着，猛地向一边跳去。金属部件之间发生着激烈的撞击，随后是一阵逐渐减弱的回声。

幸亏有了安全带，导航员才能被牢牢固定在座位上。他呆呆地盯着眼前旋转的指针。屏幕上的星星像闪烁的烟火一样划过。

伴随着不祥的沉默，船长看了一会儿，然后冷冷地说："卡特先生，也许你玩够了以后，会好心地把它拉直的。"

导航员振作起来。他选了一个按键，按了一下，什么也没有发生。他又试了一次。表盘上的针仍然平稳地转动着。他的额头冒出了一股冷汗。他换了另一条燃料控制线，又试了一次。

船长靠在椅子上，看着天空从他的屏幕上划过。

"怎么样？"船长冷冷地问道。

"还是没有反应，先生。"

温特斯船长解开安全带，踩着他的磁性鞋在地板上啪嗒啪嗒地走着。他摇了摇头，让对方从座位上站起来，自己坐到他的位置上。他检查了燃油管路开关，接着他按了一个键，没有什么反应，指针继续在不断转动着。

他试了试其他按键，依旧是毫无反应。他抬起头，与导航员的目光对视了一阵。过了好一会儿，他才回到自己的位子前，按了一下开关。这时，一个声音闯进了房间：

"我能知道是怎么回事吗？我只知道那破罐子在不停地打滚，这可不是开飞船的好方法。如果你问我——"

"杰文斯。"船长厉声地说道。

那声音突然中断了。

"什么事，先生？"杰文斯换了一种语调说。

"侧管没有点火。"

"哦，先生。"那个声音表示同意。

"醒醒吧，伙计。我的意思是它们永远不会点着的。它们都已经被封住了。"

"什么——所有的侧管，先生？"

"唯一有反应的是左舷，它们不应该像这样反冲。最好派人出去看看。我不喜欢那反冲带来的后坐力。"

"很好，先生。"

船长拨动通信开关，把广播话筒拉了过来。

"请注意。您可以解开安全带，一切恢复正常。航向修正已被推迟。在恢复之前，您将收到警报通知。完毕。"

船长和导航员又面面相觑。他们的脸上满是严肃，眼睛里都充满了烦恼……

　　温特斯船长在研究着他的听众。听众包括猎鹰号上的所有人，十四个男人加一个女人。其中六个人是他的机组人员，其余的几位是乘客。他看着他们在船上的小客厅里找到自己的位置。如果他的飞船里货物多一些，乘客少一些，他会更高兴。乘客们因为无事可做，总是会这样或那样地胡闹。毕竟，自荐去火星做矿工、勘探者或冒险家的人，不会是那种安静顺从的人。

　　如果这个女人是一个别有用心的人，她会在船上引起很多麻烦的。幸运的是，她缺乏自信，不爱出风头。尽管有时她无精打采，让人恼火，但船长还是感谢自己走运，她不是一个爱惹是非的金发女郎，那样只会增加他的麻烦。

　　尽管如此，当看到她坐在她丈夫身边时，船长提醒自己，她不可能像看上去那样温顺。卡特之前谈到某种固执品质的作用或许是有道理的——没有那种品质，她根本不可能参与这次旅行，而且她肯定不会坚定不移、毫无怨言地坚持到现在。他瞥了一眼这个女人的丈夫。女人，奇怪的生物。摩根先生是个不错的人，但是在带着一个女人进行这样的旅行这一点上，就有点……

　　他一直等待着，直到所有乘客兜兜转转，最终都把自己安顿好。

世界安静下来了。他的视线依次停留在每一张脸上，自己的表情也愈发严肃。

三

"摩根夫人以及先生们。"他开始说，"我把你们召集到这里来，是因为我认为每个人都应该清楚了解我们目前的处境。

"事情是这样的：我们的横向离心管失效了。目前我们还无法找出原因。左舱侧管已经烧毁，无法修补。

"以防你们有些人不知道这意味着什么，我应该给你们科普。这艘飞船的航行取决于离心管。主驱动管为我们提供起飞的初始动力。在那之后，它们就被关闭，让我们自主飞行。任何偏离所绘制路线的偏差，都可以通过离心管的运转来纠正。

"但我们使用它们不仅仅是为了转向。在比起飞复杂得多的着陆中，它们是必不可少的。我们用发动机反向运转来制动，用主传动装置控制速度。但是，我想你们很难认识到，要使这样一艘巨大的飞船在着陆时，在推进器的推力下保持完美的平衡，是一项极其精细的工作。正是离心管使这种平衡成为可能。没有它们，就不可能实现。"

房间里沉寂了几秒钟。接着，一个声音慢吞吞地问道："船长，您的意思是，按照目前的情况，我们既不能掌握航向，也不能着陆，是这样吗？"

温特斯船长看着说话的人。他是个大块头，似乎毫不费力就可以自然而然地掌控其余的人。

"我就是这个意思。"他回答道。

房间里弥漫着紧张的气氛，到处都能听到急促的呼吸声。那个语速缓慢的男人点了点头，仿佛已经接受了命运的安排。

还有人问："这是否意味着我们可能会在火星上坠毁？"

"不。"船长说，"如果我们继续像现在这样旅行，稍微偏离航线，我们会完全到不了火星。"

"那就出去和小行星玩捉迷藏吧。"另一个声音建议道。

"如果我们什么都不做，就会发生这种情况。但有一种办法可以阻止这种情况，如果我们能做到的话。"船长停了下来，意识到他们都在全神贯注地听他讲话。

他继续说道："你们一定都很清楚，我们在经历着一次特殊的太空体验。我们现在正在翻滚，几乎是头朝下。这是由于左舷离心管爆炸造成的。这是一种非正常的旅行方式，但它确实意味着，在关键时刻，只要我们的主管道发出一个脉冲，我们就可以大致按照我们的要求改变航线。"

"如果我们不能着陆，这对我们来说有什么用？"有人想知道。

船长没有理会他的插话，继续说道："我一直通过无线电与基地和火星保持联系，并报告了我们的情况。我还告知他们，我打算尝试一种可能的办法，那就是使用主驱动器将飞船抛入火星轨道。

"如果成功的话，我们将避免两种危险，一种是偏离太阳系，另一种是在火星上坠毁。我认为我们很有可能实现这一目标。"

当船长停止说话时，他看到几个人的脸上露出惊恐的表情，另一些人的脸上则露出沉思的神情。他注意到摩根太太紧紧地握着丈夫的手，脸色比平时显得更加苍白。那个慢吞吞说话的人再次打破了沉默。

"你认为成功的机会大吗？"

"当然。我认为这也是唯一的机会，但我不会假装有十足的把握来愚弄你们。这件事很严肃。"

"如果我们真的进入这个轨道呢？"

"基地会设法用雷达跟踪我们，并尽快派出援助。"

"好吧。"提问者说，"船长，你个人对此有什么看法？"

"我——实话说，这并不容易。但我们在同一条船上，所以我把他们告诉我的内容转告你们。在最好的情况下，我们不能指望他们在几个月内找到我们。飞船必须从地球发射出来。这两颗行星现在已经过了相交期。恐怕这意味着我们要等很长一段时间。"

"我们能——坚持足够久的时间吗，船长？"

"根据我的计算，我们大约能坚持十七或十八个星期。"

"那这些时间足够等到救援吗？"

"不够也得够。"

船长打破了随后沉思引起的停顿，以更活跃的方式继续说下去。

"这不会是一次让人舒服或愉快的旅行，但是，如果我们都扮演好自己的角色，严格遵守必要的规定，一定可以等到救援的。现在，有三个基础要素：呼吸的空气。幸运的是我们不必担心这个问题；再生工厂和备用钢瓶的库存以及货物中的钢瓶将在很长一段时间内保障空气。水将实行定量供应。每二十四小时两品脱，每个人都一样。我们可以在燃料箱里取水，对此大家应该感到庆幸，否则水会少很多。我们最担心的是食物问题。"

船长耐心并清晰地进一步解释了他的建议。最后，他补充道："现在我想你们应该会有些问题吧？"

一个矮小瘦削且似乎饱经风霜的男人问："难道完全不可能让侧管重新工作吗？"

温特斯船长摇了摇头。

"几乎不可能。飞船的驱动部分并不是为了在太空中便于靠近维修而建造的。当然，我们将继续尝试，即使其他部分能够点火，我们仍然无法修复左舷。"

船长尽可能回答接下来的几个问题，尽量在轻松自信和沮丧情绪之间保持平衡。前景一点也不乐观。在救援飞船到达之前，需要他们所有人鼓起勇气和决心——在包括自己的十六个人中，肯定有些人会比其他人更脆弱。

他的目光再次落到爱丽丝·摩根和她丈夫身上。她的出现无疑是一个潜在的麻烦源头。到了紧要关头，这个男人会因为她而有更大的压力，而且很可能会产生一些顾忌。

既然这个女人在这里，她必须和其他人平等地承担后果，不可能有什么特权。在紧急情况下，一个人可以表现出英雄的姿态，但是面对长期考验时，优待任何一个人都是不可能的。如果对她有任何宽容，你就会因为健康或其他原因被要求去宽容别人——天知道会有什么样的状况出现。

他能为她做的最好的事情就是给她一个公平的机会——不，看着她紧紧抓住丈夫的手，苍白脸上的大眼睛盯着他看，或许这并不是最好的选择。

他希望她不是第一个倒下的人。她如果能够坚持下去，会对士气有更积极的影响……

她不是第一个倒下的人。在将近三个月的时间里，没有人倒下。猎鹰号巧妙地在主要管道上进行定时爆破，成功地将自己推进到了火星的轨道。在那之后，工作人员几乎无法为飞船做任何事情。在平衡的距离上，它变成了一颗非常小的卫星，在自己的圆形轨道上滚动和翻滚。在任何人看来，猎鹰号注定要继续这种不规则的进程，直到得到帮助，或者也许永远无法得到帮助……

在船舱内部，除非有人故意打开一个舷窗，否则就无法看出它翻腾筋斗的复杂程度。如果有人这样做了，外面宇宙疯狂的骚动会让人产生一种头晕目眩的感觉，只有再次合上盖子，才能保持内心稳定的幻觉。甚至温特斯船长和导航员也是尽可能迅速地进行观察，只有当他们把嗖嗖作响的星座从屏幕上关掉，才可以获得相对的安全感，才能松一口气。

对于所有的居住者来说，猎鹰号已经变成了一个独立的小世界，空间非常有限，时间则更加受限。

此外，这是一个生活水平很低的世界。这是一个脾气暴躁、虚弱不堪、腹胃疼痛、神经紧绷的社区。在这个群体里，每个人都持有怀疑之心，密切注视着另一个人的口粮和自己的有多大的差别，狼吞虎咽地吃完那少得可怜的食物，不足以平息肚子里的咕咕声。睡觉的时候很饿，梦到食物醒来时就感到更饿了。

那些从地球上出发时身体健壮的人，现在都变得憔悴消瘦。他们的脸从弯曲的轮廓变成了倾斜的平面，他们原本健康的肤色变成了灰色的苍白，他们的眼睛不自然地发出幽幽的光。

他们都变得愈发虚弱了。最虚弱的人只能无精打采地躺在沙发上，相对健壮的人不时地用疑惑的目光看着他们。这个问题不难理解："为什么我们要在这个家伙身上浪费宝贵的食物？不管怎样，他好像已经被死神预约了"。但到目前为止，还没有人接受这个预约。

情况比温特斯船长所预见的还要糟糕。食物的储存状况出现了问题。在起飞时，有几箱肉罐头被上面其他罐头的巨大压力压塌了。由此产生的混乱可以这样描述：它们正沿着自己的轨道在飞船里飞行。温特斯船长不得不偷偷地把它扔了。那些人若知道此事，必定连蛆带罐头，狼吞虎咽地吃掉它们了。清单上的另一个箱子不见了。他仍然不知道该怎么做。已经搜查了整艘船，没有发现任何踪迹。

大部分的应急储备都是脱水食品，这些食品不敢留出多余的水，所以这些食品虽然可以吃，但却令人难以下咽。它们本就是应急用的，是针对飞行时间超出预期的情况下使用的，因而存量也不多。货舱里几乎没有什么可吃的，那些小罐的罐头简直就是奢侈品。因此，船长不得不减少原本预计将持续十七个星期的口粮。即便如此，他们也不会坚持那么久。

第一个死去的人既不是因为疾病，也不是因为营养不良，而是因为意外。

四

总工程师杰文斯坚持认为，找到和纠正横向问题的唯一方法是进入飞船的推进器部分。油箱储存在分隔各部分的舱壁上，因而无法从船体内部进入。

事实证明，用现有的工具从船体上切下一片是不可能的。太空的温度和船体的导电性使所有的热量都跑掉了，并自行消散，无法在坚硬的船体上留下任何痕迹。杰文斯能想到进去的唯一办法就是把左侧舷上烧坏的管子切掉。由于左舷的其他分支仍然不平衡，所以这样做是否值得还有待商榷，不过，在使用宝贵的氧气来操作切割器这一点上，杰文斯遭遇了强烈的反对。他不得不接受这个禁令，但他拒绝完全放弃他的计划。

"很好。"杰文斯严肃地说，"我们就像捕鼠器里的老鼠，但鲍曼和我的目标不仅仅是让捕鼠器继续运转。我们会尝试一下，即使我们得用手凿出一条路进入这艘该死的船。"

温特斯船长同意了，倒不是说他相信这样做会有什么用处，而是这样做会使杰文斯保持沉默，对其他人也不会有任何伤害。几个星期以来，杰文斯和鲍曼都穿上宇航服，开始轮班工作。他们没有意识到自己其实是在死神周围打转，仍然顽强地继续锯断和锉削工作。

他们的工作慢得可怜。他们越来越虚弱，进展也变得更慢了。

鲍曼死的时候到底想干什么仍然是个谜。他没有向杰文斯吐露他的目的。所有人都只知道那艘船突然倾斜，船身上下回荡着铿锵声。这可能是个意外，更有可能是他不耐烦了，放了一个小炸药，想炸开一个口子。

几个星期以来，船舱第一次被打开，人们目瞪口呆地望着外面旋转的星星。鲍曼出现了。他不动声色地漂着，离船十几码远。他的衣服漏气了，左袖子的布料上露出一道大口子。

看着一具尸体像小卫星一样在你周围漂浮，已经低落的士气并不会提高。把它推开，它仍然在转动，尽管飘得更远了。总有一天，人们会发明一个适合这种情况的仪式——也许一枚小火箭会把这些可怜的遗体送上它们最后一次无限期的航行。与此同时，由于没有先例，温特斯船长决定以体面的方式把尸体带上船。为了保存剩余的少量食物，冷藏室依然运转，但里面有几个区域是空的……

鲍曼临时下葬后的第二天，有人突然轻轻地敲了敲控制室的门。船长把吸墨纸小心地铺在他最近记录的日志上，然后合上书。

"请进。"他说。

门开得刚好能让爱丽丝进来。她溜了进来，随手关上了门。船长看到她有些吃惊。她一直刻意地躲在幕后，自己提出的少数几个要求，都是借她丈夫的口传达出来。他注意到了爱丽丝的变化。她现在和所有人一样憔悴，眼睛里充满了焦虑。她也很紧张。她手足无措，瘦削的手指交错扣在一起，以增强自信心。显然，她不得不强迫自己把脑子里的想法说出来。他对她微笑，给她勇气。

"过来坐吧，摩根太太。"船长亲切地邀请她。

她穿过房间，磁性鞋底发出轻微的咔嗒声，之后坐在他所指的椅子上。她不安地坐了下来，屁股贴着椅子前边。

他不禁又反思起来，带她来这次航行实在太残忍了。她曾经至少是一个漂亮的"小东西"，现在她不再是那样了。为什么她那个愚蠢的丈夫就不能让她过上惬意的生活呢——宁静的郊区、不疾不徐的日子，以及让她免受苛求和惊吓的生活。让他再次惊讶的是，她居然有决心和毅力在猎鹰号上生存这么长时间。如果命运不允许她这样做，也许会对她仁慈一些。他轻声地跟她说话，与其说她坐着，不如说只是屁股沾了一点儿椅子边，这使他想到一只鸟，一有动静随时准备飞走。

"我能为你做点什么，摩根太太？"

爱丽丝的手指拧一起，她抬起头，欲言又止。

"这不好开口。"她低声说，语气带着一丝歉意。

为了让她安心，他说："用不着紧张，摩根太太。告诉我你在想什么，是有人欺负你吗？"

她摇了摇头。

"不，没有，温特斯船长。根本不是那样的。"

"那出什么事了？"

"是——是配给的问题，船长。我没有足够的食物。"

善意的关切从他脸上消失了。

"每个人都一样。"他一言蔽之。

"我知道。"她急忙说，"我知道，可是——"

"可是什么呢？"他冷冷地问道。

她深吸了一口气。

"就是昨天去世的那个人，鲍曼。我想，如果我能得到他的食物——"

她看着船长脸上的表情，话到嘴边又吞了下去。

他不知如何回应。他的内心和他看上去的一样震惊。在他遇到的所有无礼建议中，没有一个比这更令他吃惊的了。他目瞪口呆地盯着这个荒唐提议的提出者。他们目光相遇，但奇怪的是，她没有以前那么胆怯了。她脸上没有一丝羞耻。

"我得多吃点东西。"她紧张地说。

温特斯船长越来越生气。

"所以你想把死人的那份——还有你自己的那份——都抢过去！对于这个提议，我最好还是别说太多。姑娘，你要明白这一点：我们要分享，平等地分享。鲍曼的死意味着，我们继续保持同样的配给就可以坚持更久一些。对，就这样，除此之外没别的了。我想你最好还是回去吧。"

但爱丽丝没有离开的意思。她坐在那里，双唇紧闭，眼睛微微眯起，一动不动，只有双手颤抖着。即使在愤怒中，船长也感到惊讶，他仿佛看到壁炉边的一只猫突然变成了猎人。她固执地说："到现在为止，我还没有要求过任何特权，船长。如果不是迫不得已，我现在也不会来求你。但那人的死给了我们喘息的余地。而且我必须要拥有更多的食物。"

船长竭力控制住自己的情绪。

"鲍曼的死并没有给我们带来富余或意外之财，它只是能让所有人多活一两天。你以为我们每个人都不像你那样渴望更多的食物吗？在我所有厚颜无耻的经历中——"

她举起瘦削的手阻止了他。她那冷酷的眼神使他怀疑，自己为什么曾经认为她胆小懦弱。

"船长，看着我！"她用严厉的语气说。

他看了看。不久，他愤怒的表情变成了震惊。她苍白的脸颊上悄悄泛起了淡淡的粉红色。

"是的。"她说，"你看，你得给我更多的食物。我的孩子必须有活下去的机会。"

船长继续盯着她，好像被催眠了似的。不一会儿，他闭上眼睛，用手摸了摸额头。

"天啊，完蛋了。"他咕哝着。

爱丽丝·摩根严肃地说，好像她已经考虑过这一点似的："不，这并不可怕——只要我的孩子还活着。"

船长无可奈何地望着她，一句话也没说。她接着说："你看，这又不是抢劫。鲍曼不再需要他的口粮了，但我的孩子需要。这事没那么复杂，真的。"她疑惑地看着船长，对方没有准备好语言，她继续说，"所以你不能说这不公平。毕竟，我现在肩负两个生命了，对吗？我需要更多的食物。如果你不给我，你就是谋杀了我的孩子，所以你必须……必须……我的孩子必须活下去，他必须活下去……"

五

她走后，温特斯船长擦了擦额头，打开了他的私人抽屉，拿出了精心珍藏的一瓶威士忌。他很克制，只喝了一小口，就把它放回去了。这使他恢复了一点精神，但他的眼里仍然充满了震惊和担忧。

如果最后告诉她，她的孩子根本没有机会出生，不是更好吗？这或许是诚实的，但他不确定，"诚实为上策"这句话的发明者是否对士气有足够的了解。如果他这样告诉她，就不可能不告诉她原因，一旦她知道了原因，她就不可能不泄露秘密，即使她仅仅告诉了她的丈夫。

那时一切都无法控制。

船长打开最上面的抽屉，端详着里面的手枪。这把枪一直都放在这里。他现在很想拿起它，使用它。这个愚蠢的游戏坚持下去没有多大意义。无论如何，迟早会出现这种情况。

他皱起眉头，犹豫不决。然后他伸出右手，用手指把那东西转动了一下，最后把它溜到抽屉后面，东西消失在他的视野里。他关上了抽屉。还没到时候……

但也许他最好尽快了事。截至目前，他依然拥有权威。但总有一天，他会需要那把手枪，无论是为了大家还是为了自己。

如果他们开始怀疑他不时钉在板上的那些鼓舞人心的布告是假的，如果他们不知怎么发现了，他们所认为正在太空中飞驰而来的救援飞船实际上还没能从地球起飞，到时候飞船会变得如地狱般纷乱。

假如不久无线电设备发生事故，情况可能会理想一些……

"你很悠闲，是不是？"温特斯船长问。他说话简短，单纯是他脾气暴躁，而不是因为现在有什么重要的事情。

导航员没有回答。他的靴子咔嗒一声从地板上擦过。一把钥匙和一个身份手环飘向船长，东西离桌子大约一英寸高。船长伸出一只手去检查它们。

"我——"导航员开口了。然后他看到了船长的脸，"天啊，老兄，你怎么了？"

　　船长感到有些内疚。他想要鲍曼的身份手环来做记录，但实际上没有必要派卡特去取。一个人死了——鲍曼的尸体是一个可怜的景象。这就是为什么仍然让他穿着宇航服，而不是给他脱掉衣服。尽管如此，他还是认为卡特是比较坚强的家伙。他拿出一瓶酒——最后的一瓶。

　　"最好来一杯。"船长说。

　　导航员照做了，双手抱着头。船长小心翼翼地把瓶子从半空中接住，放好了。不久，导航员头也不抬地说："对不起，先生。"

　　"没关系，卡特。这工作让人讨厌。本该我亲自动手的。"

　　对方微微打了个寒战。沉默了一分钟，他才控制住自己的情绪。接着，他抬起头，和船长对视。

　　"不——不只是这样，先生。"

　　船长不明白他的意思。

　　"你想说什么？"船长问。

　　导航员的嘴唇颤抖着。他语无伦次，结结巴巴。

　　"振作起来。你到底想说什么？"船长严厉的话，使卡特镇定下来。

　　卡特扭了扭脑袋。他的嘴唇不再颤抖了。

　　"他——他——"卡特结结巴巴，然后他鼓起勇气，匆忙地试了一次，"他——他的腿没了，先生。"

"谁？你是什么意思？你说鲍曼没有腿？"

"是的，先生。"

"胡说，他被送进来的时候我在场。你也是。他的腿还在，没错。"

"是的，先生。那时候他腿还在——但现在没有了！"

船长一动不动地坐着。有好几秒钟，除了时钟的滴答声外，控制室里没有任何其他声音。接着，他吃力地开口，只说了几个字：

"你的意思是？"

"还能是什么呢，先生？"

"天啊！"船长长叹一声。

船长坐在那里盯着看对方，恐惧从对方的眼中流露出来……

两个人静静地走着，磁性鞋底上套着袜子。他们在一间冷藏室门前停了下来。船长拿出一把细长的钥匙，把它插进锁孔，小心翼翼地转了一会儿，咔嗒一声，门把转动了。当门被打开时，一支手枪从冷藏室里开了两枪。拉着门的导航员双膝下垂，悬在半空中。

还在那扇半开着的门后面的船长，从口袋里掏出一把手枪，迅速地从门角滑过，对准冰箱的方向，开了两枪。

一个穿着宇航服的身影从冰箱里飞了出来，在房间里神奇地飘浮着。当他从船长身边掠过时，船长立马对着他开枪。那个穿太空服的身影撞在对面的墙上，微微向后一缩，然后挂在那里。他还没来得及转身使用手中的手枪，有人开了枪。那个身影猛地一跳，又飘回墙上。这个人的枪法显然是受过训练的，但宇航服摇摆着，松软无力。

门突然吮当一声打开了。站在门口的导航员没有犹豫。他在船长后面轻轻地开了一枪，然后不停开火……

导航员的手枪空了以后，前面的人奇怪地摇晃着，但被他的靴子固定住。除此之外，没有活动的迹象。

导航员伸出一只手，靠在门框上站稳了。然后，他慢慢地、痛苦地走到船长面前。船长的宇航服上有一些伤口。他设法打开头盔，把他拉了出来。

由于营养不良，船长的脸色显得有些苍白。他的眼睛慢慢睁开了。他低声说："现在就靠你了，卡特。加油！"

导航员本想回答，可是一句话也没有说出来。他的喉咙里有一股鲜红的血冒出来了，他的手垂了下来，制服上还有一块黑色伤口不断地流出血来。随后，他的身体死气沉沉地在船长的身旁摇晃着。

"我想他们存放的时间会更长一些。"一个留着沙黄色胡子的小个子男人走出来说。

一个说话慢吞吞的人镇定地看着他。

"哦，你做到了，是吗？你认为你的计算可靠吗？"

小个子男人局促不安地晃了晃身体，他用舌尖舔着嘴唇。

"嗯,有鲍曼,然后是这四个,加上死的这两个人,总共是七个人。"

"当然,是七个人。然后呢?"大个子轻声问道。他不像以前那么壮了,但他的骨架很大。在他全神贯注的注视下,这个瘦弱的小个子似乎又畏缩了一些。

"没什么,也许我的估计有点希望。"小个子男人说。

"也许。我建议是不要费心思计算了,要充满希望。对吧?"

小个子男人畏缩了。"嗯,是的。我想是的。"

那个大个子环顾了一下客厅,数着人头。

"好吧。我们开始吧。"他说。

其余的人都沉默下来。他们带着不安的神情凝视着他,坐立不安,有一两个人在啃自己的指甲。大个子身体前倾,把一个太空头盔扣在桌子上。他用惯常口气不慌不忙地说:

"我们来抽签吧。每个人拿一张纸,在我下令之前都不准打开。别打开。听清楚了吗?"

他们点了点头。每只眼睛都紧紧盯着他的脸。

"好!头盔里的纸片中,有一张纸上面的标记是十字架。雷,我要你数一下那里的纸片,确保有九个——"

"八个!"爱丽丝·摩根尖锐地说。

所有人转向她,好像头被绳子拉过去似的。这些面孔露出吃惊的表情，仿佛是听到了斑鸠叫声。众目睽睽之下，爱丽丝局促不安地坐着，但她仍然保持镇定，嘴巴绷成一条直线。负责抽签的人仔细打量着她。

"好了，好了。"他拖长声调，"所以你不想参与我们的抽签游戏！"

"是的。"爱丽丝说。

"到目前为止，你一直与大家平等地分享一切——但现在，我们已经走到了令人遗憾的阶段，你就不想参与了吗？"

"没错。"爱丽丝答道。

他扬起眉毛。

"也许你是在呼吁我们发扬骑士精神吧？"

"不。"爱丽丝又说，"我否认你所谓游戏的公平性。抽到十字架的人就得死——这不就是你的计划吗？"

"这是为了所有人的利益。"大个子说，"这当然是可悲的，但不幸的是，这是必经之路。"

"但如果我抽中的话，就得死两个人。你认为这公平吗？"爱丽丝反问。

这群人看起来很吃惊。爱丽丝等待着回应。

那个大个子接不上话，这一次，他不知说什么好。

"所以，"爱丽丝说，"大家觉得呢？"

其中一个人打破沉默，他说："人格，即个人的灵魂，究竟是在什么阶段形成的，这个问题仍然有很大的争议。有些人认为，除非有独立的存在——"

那个大块头慢吞吞的声音打断了他。

"我认为我们应该把这留给神学家研究，山姆。这适合在'所罗门智慧'之类课上讲。现在的重点似乎是摩根夫人，她以身体状况要求豁免。"

"我的孩子有活下去的权利。"爱丽丝固执地说。

"我们都有生存的权利，我们都想活下去。"有人插嘴说。

"你为什么——"另一个人开口了。

但那慢吞吞的声音又占了上风："很好，先生们。让我们正式一点，让我们民主起来。我们将投票表决。问题来了：大家认为摩根夫人的说辞在理吗？还是说，她应该和所有人一起碰碰运气？"

"等一下。"爱丽丝说，她的声音比任何人听到过的都要坚定，"在开始投票之前，大家最好先听我解释一下。"她环顾四周，确保自己得到所有人的注意力。她的确做到了，大家都惊讶地看着她。

"首先，我比你们任何一个人都重要得多。"她直言不讳，"不，你们不必笑。我来告诉你们为什么。在通信系统坏掉之前——"

"你是说在船长撞毁它之前。"有人纠正她。

"好吧，在它没用之前。"她妥协了，"温特斯船长经常与地面保持联系。他把我们的消息告诉了他们。媒体最想要的是关于我的新闻。女人，尤其是处于特殊处境的女人，是一个很好的卖点。他告诉我，我上了头条：孤独女孩——柔弱妻子在末日火箭上，女人的太空毁灭之旅，诸如此类的事情。如果你还没有忘记报纸是什么样的，你们也可以想象一下标题：'一个女孩和十五个男人被困在他们的太空坟墓中，无助地绕着火星旋转……'"

"你们都是男人，庞然大物，就像那艘船一样。我是一个女人，所以我处于很微妙的处境，因为我年轻、迷人、美丽……"她瘦削的脸上露出一丝苦笑，"我是女英雄……"

她停顿了一下，试着让这个想法被大家理解接受。她接着说："甚至在温特斯船长告诉他们我怀孕之前，我就已经是一个女英雄了。但在那之后，我成了一个超级英雄。有人要求采访我。我写了一封回信，温特斯船长替我转交给他们。他们也采访了我的父母和朋友，所有认识我的人。现在很多人都知道我的情况。他们对我非常感兴趣。他们对我的孩子更感兴趣——这很可能是第一个在宇宙飞船里出生的婴儿……

"现在你们开始明白了吧？你们已经拥有了一个很好的故事。鲍曼、我丈夫、温特斯船长和其他人努力修复左舷侧板。那里发生了爆炸，把他们都吹到太空去了。

"对此你们可以编造借口，逃脱罪责。但是如果没有我和我孩子的踪迹——或者我们的尸体——到时候，你们要说什么呢？你们怎么解释呢？"

她又环视了一下这些面孔。

"那么，你们要说什么呢？我也在外面修左舷侧管吗？我用火箭把自己射进太空自杀了吗？

"好好想想吧。全世界的媒体都已经知道了我——所有的细节。这得编一个没有破绽的故事才站得住脚。如果它站不住脚——我只能说，你们得救了也不会有好日子过。

"你们终究是没机会的。你们不是被绞死，就是被烧死，你们每个人——除非真有一天他们先私刑处死你们……"

她讲完话时，房间里一片寂静。大多数人的脸上都流露错愕的表情，仿佛受到哈巴狗凶猛攻击一般，不知作何回应。

大个子坐在那里沉思了一分多钟，随后他抬起头来，搓着尖下巴上的胡茬，若有所思。他环视了其他人，目光落到爱丽丝身上。有一会儿，他的嘴角抽搐了一下。

"夫人，"他慢吞吞地说，"你可能是法律界的一个重大损失。"他转过身去，"我们必须在下次会议之前重新考虑这个问题。但现在，雷，就像那位女士说的，八张纸。"

六

"是它！"二副越过船长的肩膀说。

船长烦躁地移动着。"当然是它。你还能指望找到什么东西在太空不停地旋转呢？一头喝醉的猫头鹰？"他盯着屏幕看了一会儿，"没有生命迹象。每一个舷窗都是关闭的。"

"你认为会有奇迹吗？船长？"

"什么，都过了这么久了！不，汤米，鬼都不会有。我想，我们只是收殓师。"

"船长，我们怎么能登上那艘飞船呢？"

船长用精于算计的眼光注视着旋转的猎鹰号。

"没有先例，但我想，如果我们能在它身上绑上电缆，我们也许能像对待一条大鱼一样温柔地对待它。不过这很难办。"

确实很棘手。救援船投了五次磁铁，都无法连接上。第六次尝试可能是最有成效的。磁铁漂移到猎鹰号附近，有一会儿电流被接通了。猎鹰号改变了航向，向救援船漂去。当两船快要接近的时候，连接又断开了。磁铁向前冲去，像帽钉一样把自己黏在船壳上。

接着是救援船和猎鹰号之间漫长的游戏。要保持两艘船之间缆绳的张力，但张力不能太大，还要防止救援船自己被拉得滚成一团。缆绳和船分开了三次，但最后经过几个小时令人疲倦的操作，救援队掌握了一定的经验和技巧，这个被遗弃的飞船的运动模式已经变成了缓慢的扭转。船上没有任何生命存在的迹象。救援船稍微靠近了一点。

船长、三副和医生穿上宇航服，向外走去。他们朝绞车走去。船长在缆绳上系了一根短线，把两端系在腰带上。

他用双手抓住缆绳，猛地一提，自己就飞入空中。其他人跟着他沿着引导索前进。

他们聚集在猎鹰号的入口处。三副从挎包里拿出一个曲柄。他把它插进一个端口，开始转动，直到他满意地发现气闸的内门关闭了。当它不再转动时，他就把它取出来，装进下一个开口，这样就可以使马达把空气从锁孔中抽出来——如果还有空气，如果还有电流使马达运转的话。

船长把传声器靠在船身上，听着。他听到了嗡嗡声。

"好吧。它们还在运行。"船长说。

他一直等到嗡嗡声停止。

"好了，把飞船打开。"船长命令道。

三副又把曲柄插进去，上紧发条。主入口由内打开，在闪闪发光的船体上留下一个黑暗的缺口。三个人阴沉地看了洞口几秒钟。船长冷酷而平静地说道："好吧。我们进去吧！"

他们小心翼翼地慢慢走进黑暗中，留意着周围的声音。

三副低声说：“寂静藏在星空里，沉眠落在孤山中……”

过了一会儿，船长问道：“空气怎么样，医生？”

医生看了看他的计量器。“还行。”他有些惊讶地说，“气压下降了六盎司左右，仅此而已。”

船长开始解开头盔。其他人都模仿他。他脱下衣服时做了个鬼脸。

“这地方臭死了。”他不安地说，“我们继续吧。”

船长带头向休息室走去。他们惴惴不安地走了进去。

眼前的一幕离奇而令人迷惑。虽然猎鹰号的旋转已经减弱了，但船上的每一个松散的物体都在继续旋转，直到遇到坚固的障碍物，并被反弹到一个新的轨道上。其结果是，一堆混杂的东西慢慢地到处翻腾。

“这里似乎没有人。”船长说道，实事求是，“医生，你怎么看？”

他一看到医生那奇怪的表情就不说话了。他顺着对方的视线望去。医生正看着这个地方漂移的各种漂浮物。在一堆书、罐头、纸牌、靴子和各种垃圾中，他的注意力被一根骨头牢牢地吸引住了。它又大又干净，已经裂开了。

船长用胳膊肘推了推他：“怎么啦，医生？”

医生视而不见，然后又回头看了看那块飘移的骨头。

“那——”他用颤抖的声音说，“船长，那是一根人的股骨。”

在他们盯着那可怕遗物的漫长时间里，笼罩在猎鹰号上的沉默被打破了。一个声音响起，声音微弱、犹豫，但非常清晰。三个人听着，面面相觑，难以置信。

"在树顶摇一摇，宝贝。风一吹，摇篮就摇……"

爱丽丝坐在她床铺边上，微微摇晃着身子，抱着她的孩子。宝宝微笑着，伸出一只小手拍拍她的脸颊，她唱着："……树枝断了，摇篮就掉了，会倒下去——"

她的歌声随着开门的咔嗒声突然停止了。一瞬间，她茫然地望着洞口的三个人影，他们也盯着她。她的脸仿佛是一张面具，紧紧绷在骨头上，骨骼突出的部分勾画出粗糙的轮廓。这时，她的脸上露出了一丝表情，眼睛亮了起来。她的嘴唇弯成了滑稽的弧形，噘起嘴唇，做出一副滑稽的微笑。

她松开搂着的孩子，婴儿就悬在半空中，自己咯咯地笑着。她把右手伸到铺位的枕头下，抽出来的时候手里握着一把手枪。

当她指着那些站在门口一动不动的人时，手枪的黑色轮廓在她那枯瘦的手上显得异常巨大。

"看，宝贝，"她说，"看那里，食物，可爱的食物……"

图书在版编目（ＣＩＰ）数据

完美生物 ／（英）约翰·温德姆著；李婷婷译．——
上海：上海文艺出版社，2024
（域外故事会科幻小说系列）
ISBN 978-7-5321-8911-3

Ⅰ．①完… Ⅱ．①约… ②李… Ⅲ．①幻想小说-英
国-现代 Ⅳ．① I561.45

中国国家版本馆 CIP 数据核字（2023）第 225279 号

完美生物

著　　者：［英］约翰·温德姆
译　　者：李婷婷
责任编辑：蔡美凤　吴　艳
装帧设计：周艳梅
责任督印：张　凯

出　　版：上海文艺出版社
出　　品：上海故事会文化传媒有限公司
　　　　　（201101 上海市闵行区号景路159弄A座3楼 www.storychina.cn）
发　　行：上海文艺出版社发行中心
　　　　　（上海市闵行区号景路159弄A座2楼206室）
印　　刷：上海中华印刷有限公司
开　　本：889毫米x1194毫米　1/32　印张4
版　　次：2024年1月第1版　2024年1月第1次印刷
ISBN：978-7-5321-8911-3/I.7021
定　　价：30.00元

故事会　大众文化出版基地　www.storychina.cn

上海故事会文化传媒有限公司 出品（01174）www.storychina.cn

想看更多精彩故事？
扫码下载故事会APP

上海故事会文化传媒有限公司所有图书可办理邮购，免收邮费(挂号除外)
汇款地址：上海市闵行区号景路159弄A座2楼206室（201101）
收款人：上海故事会文化传媒有限公司出版发行部
联系电话：021-53204159
如发现本书有质量问题，请与印刷厂质量科联系 T:021-60829062